SHANGHAI LITERATURE & ART PUBLISHING GROUP

故事会
精品系列

故事会 ®

友情故事

I0517177

 上海锦绣文章出版社
上海故事会文化传媒有限公司

上海文艺出版（集团）有限公司

图书在版编目（CIP）数据

友情故事 《故事会》编辑部编 – 上海：上海锦绣文章出版社
（故事会精品系列） ISBN 978-7-5452-0788-0

Ⅰ．①友…Ⅱ．①故…Ⅲ．①故事 作品集 中国 当代 Ⅳ．I247.8

中国版本图书馆 CIP 数据核字 (2010) 第 203186 号

丛 书 名：故事会精品系列

书 名：友情故事

主 编：何承伟

编 委：何承伟 吴 伦 姚自豪 夏一鸣

责任编辑：刘迎曦 鲍 放

装帧设计：王 伟

责任督印：张 凯

出 版： 上海锦绣文章出版社

上海故事会文化传媒有限公司

POD 海外发行： 中国图书进出口上海公司

电话：021-36357888

传真：021-36357896

地址：上海市虹口区广中路 88 号

邮编：200083

目　　录

情深意长

日久人心

肝胆相照

义薄云天

情 深 意 长

潭水千尺,不及友情。一句话,
一辈子;一杯酒,一生情。

为了后妈的约定

　　陈露是县中初二年级的住校生,她妈妈三年前去世了,不久,爸爸为她找了个后妈。

　　后妈待陈露不错,就是有点老脑筋,加上没多少文化,总觉得陈露是个闺女,多读书没什么用,花这种钱太冤枉。她最好让陈露上山去刨药材,卖大钱,但碍于后妈身份,这话又说不出口,想来想去,便乘陈露月末回家的时候,和她来了个"君子协定",说如果这次期中考试考不到前三名,就不上学了。

　　陈露的成绩在班里应该算是不错的,就是不太稳定,所以真要拿前三名,陈露心里也没底。为了让自己能继续上学,陈露回到学校后把吃奶的劲都用上了,每天一大老早就起床,轻手轻脚地溜出宿舍,到操场上去温习功课。

操场南边有一排白杨树,这天,陈露正靠着白杨树在背英语单词,忽然有人轻轻拍了拍她的肩膀,她回头一看,原来是同宿舍睡在她下铺的同学李珊。

李珊"啪"把一本书塞到她手里,陈露一看:哇,《中学生英语考试必备》! 这正是她想借而一直没借到的书。"太好啦!"陈露高兴得跳起来,"李珊,你真有办法,从哪儿弄来的?"

李珊笑着说:"我也是刚借到的,你先看吧。"

"那怎么行?"陈露把书还给李珊,"你自己也需要的呀!"

"哎呀,你这个人真是的,"李珊非让陈露把书收下,"谁让咱们是好朋友呢,我可不想看你以后流着泪离开学校,你可别忘了和你后妈的约定呀!"李珊说完,朝陈露扮了个鬼脸,就走了。

陈露抚着手里的书,回味着好朋友的深情,只觉得心里暖暖的,可一想到和后妈的约定,不由又紧张起来。

很快,就期中考试了,陈露虽说考下来感觉还可以,但能不能进前三名毕竟没有把握。考试完了恰巧是月末双休日,考试成绩不会这么快出来,陈露只得忧心忡忡地回家。

一路上,陈露的心里就像压了块大石头:万一考不到前三名怎么办? 一想到要辍学,她又着急又伤心,决定到了家还是好好恳求后妈,无论如何能让自己把书念下去。

一路走,一路想,不知不觉陈露就走到了家门口。她推开门,喊了声:"爸——妈——"可是院子里静悄悄的,没有人应声。陈露不免感到奇怪:按往常,这个时候爸爸和后妈知道自己要回来,会早早就等着的,难道是家里出什么事了?

猛地,陈露想起来了,上个月回家时,后妈突然扭了腰,会不会现在正躺在床上睡觉? 说不定爸爸是为她抓药去了? 糟糕,自己光顾了考试,都忘了写封信回来问问。想到这里,陈露立刻冲过屋去,可是一看,屋里没人,她把书包往床上一扔,准备出去找找。

就在这时,陈露发现床上有几封信,拿起来一看,笔迹好像在哪里见过。打开其中的一封,只见上面写着:

妈妈:

　　您的腰还疼吗?女儿离家后,一直惦念着您。女儿到医院去问了医生,医生特地介绍这种药,随信寄去,您可一定要按时服用呀!

女儿　露露

陈露觉得很奇怪:是谁替我做这样的好事呀?

她又打开第二、第三封信,继续看下去。只见信上写的话一封比一封亲热,一封比一封贴心:"妈妈:您吃了那些药效果怎么样?腰还那样疼吗?医生说,一定不要太劳累了,您可千万要保重身体呀……""妈妈:我几次夜里梦见您。您的腰好了吗?等月底期中考试结束,我就回家去看您……"

奇怪呀,这些信到底是谁写的呢?又为什么要用她的名义呢?

对了,对了,想起来了,想起来了!陈露心里猛地一亮:这不就是好朋友李珊的笔迹吗?尽管故意变了形,可陈露能认出来。

上个月休假回学校后,陈露告诉过李珊关于和后妈约定的事,顺口还提到后妈扭了腰,说实话,陈露当时还有些幸灾乐祸呢。可没想李珊却把陈露的话放在心上,而且还竟然以她陈露的名义给后妈写信寄药,陈露心里被深深地感动了。

就在这时候,院子里传来一阵脚步声,陈露出去一看,是后妈回来了。后妈手里提着满满一篮子菜,见陈露回来,脸上笑呵呵的。自打后妈过门,陈露还从没见她这么高兴过。

陈露刚想张嘴向后妈问候几句,还没开口,后妈却滔滔不绝地说开了:"露露,妈知道你今天要回来,你看,妈买了多少菜!

哎呀，你给妈买的药，效果可好哩！亏你去学校了，还记着妈腰疼的事。唉，妈过去疼你不够，现在看你来信向妈问长问短的，妈老掉泪。妈想给你回信，可一提笔就忘字，终也没写成。你爸乡里给他派任务，三天两头地在外面不回来，一拖二拖的妈就把给你回信的事拖了下来……"后妈拉着陈露的手，说不完的话，掩饰不住的喜悦。

陈露这次在家的两天，后妈简直像招待亲戚一样，非让陈露吃了又吃，喝了又喝，母女俩感情十分融洽。最后，说起期中考试的事，后妈似乎还挺难为情，对陈露说："露露，只要你好好学，妈愿意一直供你读下去。妈过去说了糊涂话，现在才明白，还是读书多的人懂事理呀！这不，我给你买了支笔，你看看，好不好使？"说着，她转身拉开抽屉，拿出一支十分漂亮的崭新的自来水笔。

陈露接过笔，左看右瞧，爱不释手。她抬头瞧瞧后妈，后妈正笑吟吟地望着她，她突然发现，原来后妈这么漂亮，爸爸的眼光真是不错呀！

两天休假结束，陈露高高兴兴地回到学校，她要做的第一件事就是要好好谢谢李珊。先到宿舍，没人，听说考试分数出来，同学们都去了教室，陈露于是撂下书包就往教学楼跑。

走进楼里，还没到教室呢，陈露在走廊里就听到同学们说话的声音。

一个同学问："陈露排第几名？"

班长说："第五名。"

几乎是所有同学的惊叫声："唉呀，就差两名，怎么办？"

又有人说："班长，想想办法，能不能把她的名次往前提提？"陈露听得出，这是李珊的声音。

陈露顿时愣住了：什么，全班同学都知道了后妈和我的约定？她心里一阵激动，猛地冲进教室，大声说："同学们，报告你们一个好消息,我妈让我读下去了!"

陈露的突然出现,让同学们傻了眼,等反应过来,大家都不约而同地鼓起掌来。

李珊拉着陈露的手,高兴得跳了起来:"太好了,太好了,我们可以继续在一起了!"

看着好朋友真诚的笑脸,陈露不禁泪流满面,感动得说不出话来。

李珊推推陈露,说:"露露,我把你的事悄悄告诉了大家,你不怪我吧?主意是大家出的,给你后妈写信寄药的事,也是大家一起商量着做的。当时为了不让你分心,才故意瞒着你,大家都想帮你呀!"

"是呀,是呀,"同学们都为陈露高兴,"谁让咱们是同班同学呢!"

教室里,大家兴奋地说着,笑着。在陈露的眼睛里,同学们那一张张笑脸,就像一朵朵绽开的鲜花。

(马文广)

(题图:箭　中)

厚信封薄信封

　　张临和王丽丽结婚快八年了,手里却一直没有多少积蓄,两口子于是就打算去广州贩些衣服来卖,好挣点钱。正好厂里有车要到长沙去,给那里一家客户送设备,张临和王丽丽就搭上了这辆车,打算到长沙后再转乘火车去广州,这样可以省下一笔不小的路费。

　　出门的时候,张临告诉王丽丽说:"我在长沙有个老朋友,叫大佐,他小时候最爱耍小聪明,弄鬼把戏,我们在一条胡同长大,关系铁得要命,他还来参加过咱们的婚礼。我已经给他打过电话了,让他先帮咱们把去广州的火车票买好,这样,我们到长沙后就可以直接上火车,省了在长沙过夜的旅馆钱。"

　　王丽丽一听,当然说好:"你的朋友真是遍天下呀,谁谁谁我哪搞得清？反正出门我跟着你就是了。"

张临被王丽丽说乐了，于是路上就津津乐道地给她说了不少小时候和大伟在胡同里的趣事儿。说到兴头上，他凑到王丽丽耳边小声说："知道吗，咱们结婚前，大伟还问我借过六千块钱呢！"

一听到"钱"字，王丽丽心里不由一"咯噔"："他现在还了吗？"

张临嘻嘻一笑："还什么还呀，不还了！"

王丽丽愣住了："不还了？凭什么不还了？咱们这趟出去钱还紧巴巴着哩，这回碰上了他要能还，咱们手头可就宽松多了。"

张临一听连连摇头："你不知道，这里面有个故事。初一的时候，有一次我把别人的书包弄坏了，人家盯着我要赔，可我怕父母知道了揍我，就向大伟借钱，那小子二话没说就把钱给我了，那是他一个星期吃早点的钱呀。后来我要还他，可他说什么也不收，而且还拉着我发誓，这辈子我们俩谁借谁的钱都不说'还'字，否则就绝交。"

"天哪！"王丽丽听了真是又好气又好笑，"你真是个傻帽儿，一个星期的早点钱能有多少？他用这点钱就买通你的心，骗走你六千块钱了？"

张临一听王丽丽这话受不住了，脸一沉，说："你懂什么？这是我们哥们的交情，你别说得这么难听，什么骗啊骗的。"

王丽丽见张临生气了，赶紧转移话题："那……他现在是做什么的呀？"

"做生意呀，"张临说，"听说他这几年倒是赚了不少钱……"

王丽丽不吱声了。不过她嘴上不说什么，心里却在暗暗盘算，决定等见了这个大伟，一定要找机会把六千块钱要回来。

车到长沙，张临兴奋地掏出手机给大伟打电话。大伟嗓门真大，王丽丽在旁边也能听到手机里传出的他的声音："哇！憨头张,你可来啦,真想死你啦……"

王丽丽在旁边嘀咕了一句:"什么憨头张?"

张临指指自己鼻子,悄声道:"这是本人小时候名扬胡同的绰号呗!"

王丽丽"扑哧"一声笑了:"倒也名副其实啊!"

电话里,大伟告诉张临,说已经帮他们买好去广州的票了,不过要他们在长沙住一天,好好玩玩。大伟开玩笑说:"招待二位的钱我早就在包里装好了,你们不用可是白不用啊!哈哈哈哈……"他一边说一边笑,随后把见面的地点在电话里详细告诉了张临。

可谁知,张临这边刚放下手机,厂里就给他打电话过来了。原来,长沙那家客户发现他们刚送到的设备批号有问题,张临是技术员,厂里接到客户电话反映后就给张临打来电话,要他立刻去客户单位处理这个事情。

这一来,和大伟见面的计划要泡汤,张临摸着脑袋直犯愁。

王丽丽灵机一动,对张临说:"要不,你去办事,我代表你去跟大伟见个面,顺便把他替咱们买好的车票拿来。"

张临想想也只有这样了,于是就把大伟在电话里告诉他的见面地点给王丽丽学说了一遍,然后直奔客户单位而去。

按着张临说的,王丽丽找到了和大伟见面的地方。没一会儿,果然大伟就开车过来了,老远就从车窗里探出头来大叫:"嫂子好!"

大伟把王丽丽带到他的公司办公室,因为没见到张临,他一迭声地连说"遗憾"。而王丽丽呢,因为心里惦着大伟借走张临六千块钱的事,总觉得这个大伟看上去热情,骨子里却有点虚情假意,怎么看怎么像个骗子。

大伟请王丽丽在沙发上坐下,特地给她冲了一杯咖啡,然后就在她对面的沙发上坐了下来,关切地问:"嫂子,现在家里情况怎么样?"

王丽丽一听,这不正是要回钱的好机会？赶紧诉苦:"唉,情况也不是很好啦,不怕你笑话,靠我们两个人的薪水,只能勉强维持生活,别的不说,光孩子读书,开销就大。所以我们想出来做点买卖,这样手头还稍稍可以松动些。不瞒你说,这趟出来,我们手里其实也没多少本钱,唉……"王丽丽说到这里,不住地唉声叹气。

大伟原本一直微笑的脸,这会儿突然僵住了,接下来,就是有一搭、没一搭地和王丽丽说着话。

见大伟始终不提还钱的事,王丽丽忍不住了,装作好像突然想起什么似的,吞吞吐吐地开口说:"对了,好像……好像我们结婚前,你借……借过我们家张临……六千块钱是吧?"

大伟一听,脸色立刻变了,尴尬地朝王丽丽笑了笑,说:"这……这……是有这事儿,不过……"

"不过我知道,"王丽丽马上接口道,"我知道你们有约定,说是借钱不用还。所以眼下就算我们急着要用钱,张临也不会开口问你要的……"

嘴上说是不要,可这么说话,不是明摆着在要吗?

屋子里的气氛立刻冷了下来,好一阵子,两人都没说话。

过了会儿,还是大伟打破了沉默,他站起身,走到办公桌前,拉开抽屉,拿出一个信封,放在沙发前的茶几上,对王丽丽说:"嫂子,这信封里的钱……"

王丽丽偷眼一瞄,发现这个信封薄薄的,这里面能装多少钱呀?她没等大伟说下去,就没好气地抬高嗓门道:"这你就见外了吧?我们吃顿饭的钱还是有的。"

大伟一听,惊呆了,愣了片刻,又从公文包拿出一个信封,放在茶几上,对王丽丽说:"嫂子,这一万块是我原先准备招待你们的,可惜张临被厂里抓了差,没空了。也好,这钱你们就带到广州去用吧,就算是我当兄弟的一片心意。"

王丽丽一看,这个信封显然比刚才那个厚多了。而这时,大伟已经踱到窗前去了,他凝视着窗外的景色,没再回头看王丽丽。

王丽丽可生气了:借钱不还,现在被我说得不好意思了,那就爽爽快快还呗,还玩这种花样?难怪张临说他小时候喜欢耍小聪明、玩鬼把戏呢。哼,欠债还钱,天经地义,有什么好客气的?想到这里,她伸手就要去拿那个厚信封。

就在这时,王丽丽包里的手机"滴嘀"响了两声,她缩回手,从包里掏出手机,一看,是张临发来的短信:千万别提借钱的事。切记!切记!

唉!这个憨头张呀憨头张,怎么这么看重朋友情意呢?自己被别人卖了都不知道。王丽丽暗暗叹了口气,可她知道,张临是个倔脾气,如果现在真把一万块钱拿回去,张临知道了肯定会和自己闹翻。她想想还是算了:一万块钱虽然诱人,可夫妻感情更重要呀!

于是,王丽丽掂起薄信封,一边自我安慰:不管怎样,多少要回了点钱,也算不虚此行呀!一边就把它放进了包里。

这时,大伟转过身来,一看茶几上留下的那只厚信封,竟孩子般的笑了。他走到办公桌旁,拉开抽屉,取出两张飞机票,对王丽丽说:"嫂子,我替你们买了两张去广州的飞机票。"

王丽丽一听:什么?机票要比火车票贵几十倍呢。她立刻尴尬地说:"这……我……我们带的钱怕是不够……"

大伟朝她摆摆手:"钱,张临早给我了。"

一直到离开长沙,张临也没捞着时间和大伟见面,他直接从客户那里赶到机场。见了王丽丽,两人彼此一说,王丽丽才知道张临根本就没让大伟买过机票,更别提给钱的事儿了。

这下王丽丽心里觉得十分内疚,赶紧从包里把薄信封拿出来,对张临说:"给,这是大伟……反正是大伟给的。"

张临一听,乐了:"这家伙,又出什么花样了,什么事儿不能当面说,还要套个信封?"他一边说,一边就把信封打了开来。

"哇——"谁知刚把信封打开,张临和王丽丽竟不约而同地惊叫起来。为啥?信封里装着整整二十张一百块的美元。

王丽丽猛然觉得眼角热乎乎的,她似乎有点明白,什么是"哥们的交情"了。

(芦宏伟)

(**题图**:魏忠善)

喜鹊衔来幸福草

　　豆花嫁郝大壮时，郝家穷得叮当响，豆花看中的，是大壮魁梧的身材，还有他家门前那棵香椿树上的喜鹊窝。豆花坚信，喜鹊是吉祥和幸福的信使，喜鹊窝一定会给她的一生带来好运。

　　这不，大壮跟建筑队去广州打工没两年，就开始挣钱回家了。"喜鹊叫，好事到"，每回只要喜鹊在门前"喳喳"一叫，豆花就会收到大壮寄回来的汇款单。后来，大壮自己承包工程当上了老板，赚回来的钱就更多了，家里很快盖起了新楼，日子越过越滋润，只眨眨眼的工夫，大壮和豆花的儿子都上小学了。

　　可没想就在这个时候，豆花听老乡说，大壮在广州那边养了一个女人。豆花气得肺都快炸了，决心去广州找大壮弄个水落石出。

几经周折,豆花终于找到了大壮在广州工地附近的出租房,她一头闯进去,果真看到丈夫正搂着一个年轻漂亮的女人在看电视,豆花只觉得浑身的血直往脑门上涌。

大壮见豆花突然出现在面前,先是一阵慌乱,然后竟不紧不慢地说:"既然你已经什么都知道了,那我们就好聚好散。你如果放聪明点呢,那就先给我回家去。"

豆花一听,气得拔脚就走,头也没回,面对已经花了心的大壮,她什么都不想说,拖着疲惫的身子跌跌撞撞地连夜坐车回家。

回到家里,满腹委屈的豆花给自己最好的朋友打电话。好朋友很为豆花抱不平,可是除了安慰,又能把大壮怎么样呢?

这天,豆花一觉睡醒,看见太阳正好照在梳妆台上,窗外不时传来喜鹊"叽叽喳喳"的叫声,她愣了:难道会有什么好事来?豆花从床上爬起来,理了理头发,走下楼去。

来的是村里的通讯员,笑眯眯地对豆花说:"豆花嫂,郝大哥又汇钱来啦!"说着,给她递过来一张汇款单。

豆花一看惊呆了,这回大壮寄回来的钱,比任何一次都多,不是一千二千,而是整整一万。看着汇款单上"郝大壮"三个字,她的气顿时消了大半,暗自思忖:大壮同那个妖女人在一起,或许只是做戏罢了,要不,他怎么还会寄钱回来?

不久,豆花又接连收到几笔从广东汇来的款子,都是上万块,而且寄款人都是大壮。豆花猜想大壮肯定是反悔了,豆花是个善良的人,她心里早已原谅了大壮。

这天,豆花家门前路过一个年轻人,他在香椿树下拾到几根茅草,竟然惊讶地大叫起来:"幸福草啊幸福草!"

豆花听到一个陌生的外地口音,忙从屋里走出来,问他:"什么幸福草?"

年轻人把他捡起的几根茅草送到豆花跟前,说:"大嫂,从这棵树上落下的这种草,就叫幸福草。你大概不知道吧? 这种草很少有的,它是靠鸳鸯的粪便长出来的,我找了不知多少时候了,今天总算在你这里找到了。"

豆花不解:"这种草能派什么用? 给人治病?"

年轻人从口袋里掏出一张名片,递给豆花。豆花一看,这年轻人姓杜,是广东一家首饰制作公司的采购员。

"杜采购"对豆花说:"现在我们南方正流行一种鸡心首饰,老板为抓住商机,决定在每件鸡心首饰上镶嵌上一根幸福草,于是就派我们采购员在全国各地找。"

豆花听得目瞪口呆,她还从未听说过茅草居然还有这样一个美丽的名字。

杜采购对豆花说:"大嫂,你开个价吧,我们厂里要收购这种草。"

豆花有点不知所措。

杜采购说:"大嫂,每根草十块钱,怎么样?"

一根草能卖十块钱? 豆花惊呆了,望着站在面前的这个年轻人,她简直不敢相信。

杜采购说:"大嫂,你把这棵树上和周围的幸福草全收集拢来,下午我来点数付钱。不过,这事儿你千万不要告诉别人。"

直到这时,豆花对这个年轻人的话还是将信将疑,可再想想,就是假的,借此机会把香椿树周围收拾干净也好啊,于是就仔细地一根根捡起草来,还用竹篙竿把喜鹊衔来筑巢时落在树枝桠上的也拨拉下来,然后整整齐齐地把它们堆在客厅的大方桌上,等待杜采购来收购。

下午,杜采购果然来了,后面还跟着一个中年汉子。显然,中年汉子比年轻人老练,他一眼就从豆花捡的幸福草中抽出一根特别粗壮的,仔细瞧瞧,又放在鼻子下面闻闻,惊叹道:"好! 这就是我们要寻找的真正的野生幸福草! 这样,每根我们出价十二块吧!"说完,他让年轻人点数。

卖掉这些茅草,豆花一共收到八万块钱,应该还有几十块的找零,对方也不用她找了,他们要求豆花打一个收条,还让她按了手印,说是回公司后好报账。临走时,他们一再交待豆花:"你家门前这些草不要再卖给别人,过段日子,我们还要来收购。"

豆花这回当然信了,连连点头说,她一定会尽心尽责为他们保护好这种草的。

收购幸福草的人一连来了豆花家三次,三次相加,豆花一共拿到了三十五万块,每次他们都让豆花写收条,按手印。豆花把这一大笔钱,连同大壮寄回的其他钱一并存入镇上的银行,还特地设了密码。她本想把这天大的喜事告诉大壮,可大壮除了汇款,已经半年没有打电话回来了。

光阴荏苒,转眼就到了腊月。入冬后的一个寒夜,有群陌生人旋风般闯进豆花家,不分青红皂白就把豆花和她儿子从被窝里拉起来,说要带他们去广州大壮的工地。豆花不知大壮那边到底发生了什么事,幸亏邻居报警,警方及时赶到,豆花母子俩才被解了围。

经了解,这群陌生人全是大壮工地上的民工,他们说大壮在广州女人换了一个又一个,自己天天花天酒地,就是不给他们开工资。这次他们要将豆花母子俩绑架到广州去,就是为了要威胁大壮,讨回他们大半年的工钱。

警方严肃批评了民工,说他们的这种莽撞行为实际上已经触犯了法律。但警方也十分同情他们的遭遇,决定随他们一道前往广州,去探个究竟。

而这个时候,在广州工地上的大壮已经焦头烂额。原来,就在楼房快要封顶之时,民工们集体罢工,要求发放全年工资。眼看就要过年,大壮只得高价从民工市场新招一批外来工为他赶施工进度。楼房封顶验收合格后,大壮兴冲冲去建设单位财务部领取余款,可负责人告诉他,余款早已分期支付了。大壮一听顿时就吓得一脸乌紫:我哪里领过一分钱余款? 就在此时,豆花和儿子随同民工和警方人员,出现了在他的面前。

杜采购走上去对大壮说:"郝老板,事情是这样的。我们集团公司的财务主管是豆花嫂最要好的朋友,她听说你对豆花嫂不忠,又得知你在集团公司下属单位承包工程,就决定帮豆花嫂一把。于是派我略施小计,将你承包工程的余款,一共是五十万,分几次全部支付给了你的妻子豆花。"

五十万? 豆花一听恍然大悟,明白了事情的真相。原来近半年来,她一共收到以大壮名义寄来的汇款,加之那些幸福草的收入,其实都是好朋友所为。

豆花走上去对大壮说:"是的,大壮,我前前后后确实已经收到这笔钱了,并且以我们儿子的名义存进了银行。"

大壮愣在那里,一时咋舌,竟惊讶得说不出话来。

回到出租房,大壮准备拿出自己身上仅剩下的三万元先给民工们。可是打开抽屉,里面哪还有一分钱? 只剩下一张纸条,上面歪七竖八地写着几行字,是那个妖女人留给大壮的。纸条上写着:工程款全被你老婆拿去了,你成了穷光蛋,抽屉里这点钱就作为你支付给我的损失费吧!

大壮的脑袋"嗡"地一下,一屁股瘫坐在地上。九岁的儿子牵着豆花的手,对大壮说:"爸爸,我们回家过年吧!"望着儿子和一脸风霜的豆花,大壮愧疚得"扑通"一声跪在了地上。

在豆花的帮助下,大壮给工地上所有的民工发放了工钱,随后便带着妻儿赶回老家过年去了。

(陈笑海)

(**题图:**魏忠善)

陌路相逢的兄弟

　　陶栗子今年高考考了 658 分,可家里实在太穷,他打小没了爹,娘又生着病,于是一咬牙,把仅有的三百元留给娘,自己跳上了去新疆的火车。

　　陶栗子没钱买票,好在车厢里人多,他就硬着头皮混在人群里。这时,一个小家伙鬼鬼祟祟靠过来,问他:"哥们,没买车票吧?"

　　陶栗子一看,是个十二三岁的小男孩,陶栗子白了他一眼,没理他。

　　小男孩笑笑,说:"甭紧张,我叫'小辫子',和你一样,也没买票。"他往陶栗子身边靠了靠,感慨地说,"我在火车上混了一年了,一次票也没买过。嗨,你叫什么名字?"

陶栗子见小辫子对他并无恶意,心放了下来,正想告诉他,却见小辫子突然脸色变得蜡黄,额头上冷汗直冒。陶栗子一惊,连忙抱住小辫子问道:"喂,你怎么了?"

小辫子捂着肚子,有气无力地说:"肚子,我肚子疼……"

陶栗子赶紧按住他的肚子揉了一阵,却没有用,于是便站起来说:"兄弟,你挺住,我给你讨药去。"

陶栗子朝车厢里望去,正巧看到一个戴宽边眼镜的年轻人在吃药,就走过去给他鞠了一躬,说:"大哥,我兄弟肚子疼,能不能给他一片药?"

"宽边眼镜"瞪了陶栗子一眼,说:"我也肚子疼,这药给了你,我自己咋办?"

陶栗子讨了个没趣,正要走开,旁边一位大爷喊住了他:"我这有治肚子疼的药,你赶紧拿去给你弟弟吃。要不行,就让广播替你们找医生。"说着,大爷不但给陶栗子拿药,还送给他一瓶矿泉水。

陶栗子谢过大爷,把药拿去给小辫子吞了,小辫子的肚子果然很快就舒服起来,脸上也渐渐有了血色。他朝陶栗子笑笑,说:"我这肚子三天两头疼,一会就好的,没事。嗨,哥们,你还没告诉我你到哪里去呢?"

陶栗子于是便把自己因为家里没钱而无法上大学、只好去新疆打工的事说了。

小辫子一听,竖起大拇指对陶栗子说:"哥,你好厉害呵,658分,这么高的分,不上大学太可惜了。不行,哥,你一定得去上学,没钱兄弟我帮你。"

陶栗子看着小辫子一副义薄云天的样子,忍不住笑了,说:"你自己都这样,还能帮我?"

小辫子正要朝陶栗子拍胸脯打包票,这时候,列车广播里提醒各位旅客要查车票了,小辫子一听,连忙指指座位底下,用命令的口气搋着陶栗子说:"快,快进去!"他一边说着,一边自己就像猫一样钻了进去。

陶栗子还站在那里发愣呢,小辫子在下面伸手拉了拉他的裤腿,说:"木头,快钻进来!"

陶栗子一狠心,于是就赶紧往座位底下钻。

这时候,列车员查票的吆喝声传了过来:"查票了,查票了,请各位旅客把车票拿出来!"

陶栗子躲在座位下六神无主,小辫子却把手指按在嘴上,做了个让他别出声的手势,谢天谢地,终于等到查票的走了。

陶栗子长长地出了口气:"兄弟,吓死我了。"

小辫子笑着说:"哥们,胆子太小闯不了世界,你趴这别动,我去弄点吃的。"

小辫子走后,陶栗子放松了,上车以来他一直既紧张又害怕,这一放松竟迷迷糊糊睡了过去。可没过多久,一阵"出来,出来"的吆喝声把他惊醒了,他睁开眼睛一看,原来是被打扫卫生的列车员发现了,只好从座位底下爬出去。

列车员瞪了陶栗子一眼,问他:"是不是没买车票,嗯?"

陶栗子张张嘴,吓得一句话也说不出来。

正在这时,小辫子回来了,小辫子给列车员深深鞠了一躬,"嘿嘿"笑着说:"叔叔,甭生气,他是我哥,没钱买票才钻座位的。你看这样好不好?"他一把抓过列车员手中的笤帚,"老规矩,我们替你打扫卫生。"

列车员看了一眼小辫子,说:"那就不许偷懒,扫干净啊!"

陶栗子和小辫子于是一个拿笤帚一个拿拖把,开始在车厢里打扫卫生。

扫到宽边眼镜脚下时,陶栗子朝他笑笑说:"大哥,请你让让身子,让我把座位底下的垃圾扫出来。"

可是宽边眼镜却一动不动,还指着陶栗子骂:"滚一边去,你连票也不买,还在这里瞎捣鼓啥?"

哪知话音未落,小辫子手中的拖把已经落在了宽边眼镜的头上:"打死你!谁叫你欺负我哥的?"

小辫子手里的拖把带着水渍落在宽边眼镜脑袋上,宽边眼镜恼羞成怒,"呼"地站起来要打小辫子,哪知他屁股一抬,底下露出只黑皮包来。

小辫子大叫起来:"好啊!怪不得你不让,原来你偷别人的皮包!"

宽边眼镜见势不妙,撒腿就跑,却被陶栗子使了个绊子,"噗"地摔倒在了地上。

小辫子立即吆喝起来:"抓小偷,快抓小偷!"又把黑皮包举在手中叫喊,"谁的皮包?谁的皮包?"

坐在宽边眼镜对面正呼呼大睡的一个青年男子被惊醒了,一见小辫子手中的黑皮包就跳了起来。他朝宽边眼镜脸上连扇两个耳光:"狗贼,一路套近乎,原来是打我的主意。哼!"

青年男子感激地对小辫子说:"小兄弟,太感谢你啦!我是省地矿队的,我们十几个队员在人烟稀少的大业山探矿,这黑皮包里装的,是大家几个月的工资呀!谢谢,谢谢,真是太谢谢你了!"

青年男子一边谢一边打开黑皮包,从里面拿出三百元,一定要小辫子收下。小辫子正要推辞,忽然想到了陶栗子,便对青年男子说:"叔叔,这钱我本来不能要,但我这哥考了658分却上不了大学,要到新疆去打工。这钱就给我哥上学用吧,也算是你为国家培养人才作了贡献。"小辫子说着,就从青年男子手里接过钱,递给陶栗子。

陶栗子犹豫着,不知道自己该接不该接。

青年男子爽朗地说:"收下吧,兄弟,这是对你们抓小偷的奖赏。你有这么好的兄弟,真好!"

这时候,车厢里的旅客们听说陶栗子考了658分却上不了学,都感慨万分,立刻便有人你掏十元、我掏二十元地把钱放到陶栗子手上,陶栗子感动得直发呆。

小辫子灵机一动,对大家说:"为了感谢爷爷奶奶、叔叔阿姨们的爱心,我给大家唱支歌吧。"他像模像样地唱了一曲《信天游》,还真有点荡气回肠的感觉。

旅客们看到小辫子小小年纪就这么能说会道,为高他一头的陶栗子这样不遗余力地募捐,就给他送出一阵热烈的掌声,一个接一个地过来给陶栗子捐款。

小辫子拉着陶栗子给大家深深鞠躬,又悄悄对陶栗子说:"哥们,你上大学的钱有戏了,我们干脆再接再厉,到别的车厢继续筹款去。"他拉着满含热泪的陶栗子又来到隔壁车厢,鞠躬过后就扯开嗓子唱起了《走西口》。

不想小辫子那嗓子吊得老高的《走西口》刚开头,一个靠窗的位子上突然站起个中年人,奔过来抱住小辫子大喊道:"远志,你让我找得好苦啊!"

一车厢人都愣住了。

中年人泣不成声地对小辫子说:"孩子啊,是爸爸错了,爸爸对不住你。你跟爸爸回家吧,爸爸再也不逼你了,你爱唱歌,就扯开嗓子唱好了。那个不喜欢你的人,她也不喜欢爸爸,她已经走了,你这就跟爸爸回家吧,我们爷俩开开心心过日子……"

中年人这番话没说完,小辫子突然"哇"地一声亮开他的大嗓门惊天动地地哭了起来。一年多来,他一直流浪在火车上,没流过一滴眼泪,现在他情感的闸门终于打开了。

原来,小辫子大名舒远志,中年人是他的爸爸。远志的妈妈很早就患病去世,爸爸娶回的后妈不喜欢远志,老说他坏话。爸爸虽然钱不少,但事业上不得志,希望远志能有出息,所以对他的要求近乎苛刻,给他的指标是非班级前三名不可。可远志使出了吃奶的劲儿,每次考试却都排在班级三十名之外,爸爸为这没少给他吃皮肉之苦。远志在郁闷的时候,就唱《信天游》,唱《走西口》,邻居们都说远志唱得还真像那么回事儿,保不定将来会成一歌星。可后妈却对爸爸说,远志这哪是在唱歌,是在发泄对她的愤恨,爸爸一怒之下就给了远志一顿饱揍,勒令他从此不准再唱。远志一气之下,就书也不读、家也不要了,一无所有地登上了远去的列车……

小辫子在爸爸怀里痛痛快快地哭了一阵,刚抬起头,看到站在旁边的陶栗子,就指指陶栗子对爸爸说:"爸爸,这位哥哥比我有能耐,他高考一考就是 658 分,厉害吧? 可他没钱上学,要去新疆打工,娘还在家里生着病。我们帮帮他吧?"

小辫子爸爸看看陶栗子,点头道:"好,孩子,你别去打工了。告诉我,你家在什么地方,我们一起转车去你家,看看你娘。我们一定会帮你的!"

陶栗子的眼圈红了……

（薛军礼）

（题图:杨宏富）

你还有个哥

　　叶梅是个孤儿,在哥哥的资助下读完大学,一毕业就被有名的侨宝电子公司录用了。公司老板姓郑,是个年过五旬的台商,特别器重叶梅,一些重要的业务洽谈和商务应酬都带上她。而且三个月后,郑老板就提升叶梅为公司行政助理。

　　郑老板平时对公司员工一点不摆老板架子,就连那个看门的瘸腿汉,郑老板和他也很谈得来。瘸腿汉姓丁,长得黑黑瘦瘦的,脸上还留着一道吓人的刀疤。叶梅来公司报到那天,郑老板派瘸腿汉到火车站去接她,帮她把行李扛到宿舍,还对她说:"妹子,有啥困难说一声,只要老哥我能办到,一定帮忙。"可叶梅却对瘸腿汉印象不佳,特别是有天晚上她在公司加班时,看到瘸腿汉竟然粗着嗓子和郑老板争执,见叶梅来了才收口。不过,叶梅发现,郑老板却似乎并没有把这当回事,过后还像以往一样和瘸腿汉有说有笑的。

这天,郑老板要去马来西亚和一位客商签重要合同,临走时吩咐叶梅:"我得去那里好几天,几位副总正好也外出,这几天公司的日常事务就交给你啦!"

可是,郑老板前脚刚走,瘸腿汉后脚就到办公室来了,问叶梅:"郑老板不在?他去哪儿了?"听叶梅说郑老板要去马来西亚几天,一时回不来,他竟大吃一惊:"什么,他去马来西亚咋不跟我打声招呼?"叶梅朝瘸腿汉看看,嘲笑说:"郑老板出去还得你批准?"瘸腿汉说:"妹子,话不要说得这么冲嘛,我是有急事才来找他的。"叶梅懒得理他,于是就自顾自做自己的事,瘸腿汉见叶梅这个样子,只好干咳一声,转身走了出去。

晚上,叶梅把办公室琐琐碎碎的事都处理完了才离开公司,走到大门口,见公司大门竟然还敞开着,瘸腿汉正在门卫室里喝酒,一副醉醺醺的样子。她挺生气,于是将瘸腿汉训斥了一顿。可瘸腿汉不理叶梅,嘴里嘀咕道:"公司又不是你开的,操这么多心干啥?"叶梅理直气壮地说:"公司确实不是我开的,可我现在代管着公司,就要对公司负责,希望你下不为例。"不料瘸腿汉根本不把叶梅的警告当回事,第二天中午,竟然还把外面的民工叫进来,和他们一块儿喝酒,公司的信和报纸也不送到办公室来。

叶梅这回不客气了,态度强硬地问瘸腿汉:"你这么做,到底是什么意思?你还想不想在公司干了?"瘸腿汉脖子一梗,说:"哼,不干就不干。才当两天代理,就目中无人了呀?"叶梅毫不示弱:"你可想好了,真不想干下去,马上去财务室结工资。"瘸子汉好像就等着叶梅这句话似的,马上接口道:"好呀,结就结。小丫头,你记住了,你今天炒我的鱿鱼没错,可你自己得好好干,要是以后也像我这样被人家炒鱿鱼了,看我怎么笑话你!哈哈!哈哈哈哈!"

瘸腿汉走的当天下午,郑老板就从马来西亚回来了。一进办公室,他就问叶梅:"门卫室怎么换人了,老丁呢?"叶梅说:"他工作时间酗酒,违反公司纪律,我让他走了。"郑老板一听,惊呆了:"什么,你炒他鱿鱼了? 快,快派人把他找回来。"

叶梅感到很奇怪:"郑老板,我让他走,难道错了吗?""你错没错我不知道,但老丁根本不是你说的那种人!"郑老板沉着脸,眼里冒着火,"你知不知道? 如果没有他,你现在还是一个无家可归的孤儿。"

叶梅愣住了:"怎么可能? 我是我哥供我读的大学。""你哥?"郑老板盯了一眼叶梅,"你根本就没有哥! 当年你父亲在采石场事故中丧生,你母亲又患上绝症,你那时才十三岁。你母亲没办法,只好编谎话,说你还有个在深圳打工的哥,让你心里有个希望,精神上有个依靠。"

郑老板说的难道是真的?

当年,母亲临终前交给叶梅一张纸条,上面写着哥的名字,还有在深圳的地址。叶梅不知道,其实这是母亲为了宽慰她才特意这么做的,所以母亲死后,孤苦无依的叶梅就不想读书了,打算去深圳找哥。可是母亲留给叶梅所有的钱只够买一张到省城的火车票,怎么办呢? 叶梅找哥心切,决定先到省城再说。

车到省城那天,叶梅至今还记忆犹新。当时她身无分文,又冷又饿,蜷缩在街头一个小商亭旁边。有位年轻男子走过来,看到她这个样子,就蹲下来问:"小妹妹,咋一个人蹲在这里? 爸爸妈妈呢?"叶梅见他挺和善,就把自己的身世告诉了他。

年轻男子听罢,深深地叹了口气,对叶梅说:"小妹妹,甭怕,我不是坏人。"他一边说,一边脱下身上的棉袄披在叶梅身上,拉起她的手说,"饿了吧? 走,哥带你去吃饭。"

那天晚上,年轻男子不仅让叶梅吃了顿饱饭,还将她安顿在旅社住下。叶梅给他看母亲留下的纸条,他一看眼睛就红了,对叶梅说:"我正要去深圳呢,这样吧,你人生地不熟,又没有钱买车票,不如先回去好好上学,我帮你去深圳找你哥。找到了,我一定让他来看你。"

年轻男子给叶梅买了回家的车票,还硬塞给她整整一个学期的学费和生活费。后来,年轻男子告诉叶梅,他在深圳把叶梅的哥哥找到了,那年秋天,还真把哥带来见叶梅,给叶梅留下了又一个学期的学费和生活费……

以后,每个学期开学前,叶梅的这个哥哥都会准时把叶梅的学费和生活费寄来。叶梅确确实实有哥哥呀,为什么现在郑老板会对她说"你根本就没哥"?

叶梅看着郑老板,嘴唇不住地哆嗦:"郑老板,这……这到底是怎么回事?"

郑老板这时候神情显得有些激动,他告诉叶梅说:"还记得你母亲留给你的纸条上是怎么写的吗?'纽约区'、'伦敦街',深圳哪有这样的区名和街名呀?当时那位好心的年轻男子一看到这张纸条,联想到你说的身世,就明白你母亲为什么要这么做了。为了帮助你,他自告奋勇说要去深圳找你哥,还说要带哥回来看你,他其实是要想了却你母亲对你的心愿,要让你心里留着希望,所以后来他就到处去打工,拼命为你挣学费和生活费。那年秋天,为了让你相信母亲编的故事,他还特地让他同乡冒充你哥,一起去看你这个原本和他无亲无故的妹妹。"

叶梅听着郑老板的诉说,惊呆了,眼泪"哗哗哗"直往下流,她怎么也想不到,已经被她炒掉的瘸腿汉,竟然就是当年自己在省城街头遇上的那个好心的年轻男子。她忍不住问郑老板:"可哥他……他怎么会变成现在这个样子的呢?"

郑老板的眼睛湿了,说:"小叶呀,他不仅是你好心的哥,也是我的救命恩人哪!"

原来七年前,郑老板踌躇满志地刚从台湾来深圳办公司的时候,一天突然被歹徒绑架,他们把他关在一幢楼里,非要他家人拿巨款来赎他。后来,郑老板趁歹徒不注意,写了一张求救条扔出窗外,说只要能设法把他救出去,当付一百万重金酬谢。果然凌晨时候,就有一个壮汉顺着外墙的下水管道爬上来,打昏看守把他救了出来。郑老板对壮汉感恩不尽,就请壮汉跟他去拿酬金支票,可壮汉却冷冷道:"你快走,我还要回工地去守场子。"郑老板大吃一惊:"难道你不是为这一百万来救我的?"壮汉生气了:"什么一百万不一百万的?我跟踪这伙人时间长了,我是来寻找线索救我被拐骗的妹妹,看到你,就顺便把你救出来了。"两个人正说着话,这时候一道刺眼的车灯光突然朝他们射来,几乎是同时,一辆轿车悄无声息地冲了上来,壮汉喊了声"不好",奋力将郑老板推开,可他自己却被轿车撞倒在了地上,脸被地上的石子拉开了一道大口子,腿骨也被撞断了……

这个壮汉就是老丁,郑老板说,那些歹徒后来很快就被逮捕,救命恩人老丁伤好后也被他接来公司。几年来,他一直想好好报答老丁,可老丁始终不向他提条件,一直到这一次,他才说他有个在读大学的妹妹,希望毕业后能到郑老板的公司来工作,跟着郑老板好好学点本事。当然咯,老丁说的这个妹妹,就是叶梅。

郑老板心情沉重地说:"小叶啊,他把你安顿好后,就一直在想办法离开公司。我知道,他还是要去找他自己失散多年的妹妹啊……"

叶梅听得泪流满面:"哥啊,你是我在世上最好最亲的哥!无论你走到哪里,我都要找到你,今生今世好好照顾你!"

(吴作望)

(题图:谢 颖)

原来可以这样买

汪守北最近几年靠炒房地产赚了不少钱，所以他不惜重金，将儿子汪舸送到市里最有名的私立学校去读书。这所学校什么都好，唯一让汪守北不满意的，就是它竟然和附近一所乡村中学联谊结对，这样一来，两所学校的学生就时不时地要在一起举行什么联欢活动。

第一次联欢回来，汪舸就向汪守北要钱，说联谊学校，也就是那所乡村中学，有个学生生了很重的病，家里没钱治，老师发动大家给他们家捐款。汪守北给了汪舸二百块钱，汪舸的嘴噘得老高，嫌汪守北给得太少。

第二次联欢回来，汪舸一进家门就嚷着要买狗。

汪守北说："家里已经有一只纯种细犬了，还买什么狗？"

汪舸不高兴地说:"细犬有什么用? 不会搬凳子,不会看地图,我们联谊学校里有个同学,他家的狗什么都会做,我就要他们家那种狗。"

得,又是联谊学校给惹的!

汪守北于是就给汪舸解释,狗会搬凳子,那是人训练出来的,只要认真训练,自己家里的细犬也会做。

汪舸不信:"就算经过训练,细犬会搬凳子了,可它会看地图吗?"

"看地图?"汪守北愣住了,还真没听说过狗会看地图的,不由追问道,"谁家的狗会看地图?"

"石小东家的狗就会。"不用说,汪舸说的这个"石小东",肯定就是那所乡下中学的孩子。

汪舸闹腾着,非要买石小东家的狗。没办法,第二天正好是星期六,汪守北只好开着小车,和汪舸一起去了乡下。

刚到石小东家门前,一只狗就从屋里跑出来,冲着汪守北"汪汪汪"地直叫。汪守北一看:这是什么狗呀,个头矮小不说,身上的毛都快成渣了,浑身上下一副脏兮兮的样子。哼,这种狗也只有乡下人会养来看家,要是弄到城里,还不让人笑掉大牙?

汪守北掉头就想走,无奈汪舸硬拽着他进门。

这时,就听屋里响起一个孩子软绵绵的声音:"小虎,别叫!"原来这条狗居然还有这么一个神气活现的名字? 孩子声音不大,但那狗却很听他的话,立刻就不叫了。

汪守北定睛一看,屋里靠墙角放着张床,床上躺着个孩子,看上去年龄和汪舸差不多大小,脸色黄黄的,刚才给狗发命令的,看来就是这孩子了。

汪守北于是就说:"小朋友,你身体不舒服? 不用起床,就躺着说吧! 石小东大概就是你吧? 我儿子吵着要买你家的狗,你就给我们开个价吧?"

这个叫石小东的孩子也不和汪守北客气，真就躺在床上没起来，对汪守北说："小虎卖不卖我做不了主，得问我爸。我爸在田里干活呢，我让小虎叫去！"说着，他唤来小虎，让它先给汪守北父子俩搬凳子，小虎果真就去墙角驮来了两条板凳。

汪守北看在眼里，不禁来了兴趣，他在板凳上坐下后，便问石小东："真难得你能将这只狗训练得这么好。我儿子说，你家的狗还会看地图，是不是真的？"

石小东一听笑了，点点头说："当然是真的，我这就让它去叫我爸回来。它不知道去哪里找我爸，我得让它先看地图。"说着，石小东从枕头下摸出一张纸来，递到小虎跟前。

汪守北饶有兴趣地凑上去，一看，这是一张手绘地图，画得很粗糙。

石小东指着上面的一个小方块，对小虎说："爸在这里干活呢，去，把爸叫回来。"

小虎"汪汪汪"叫了三声，似乎是说："知道了。"随后就飞奔出门，不一会儿，就把石小东的爸爸给找回来了。

难怪儿子这么喜欢，看来，这狗还真的不简单哪！汪守北于是便给石小东的爸爸做了自我介绍，接着就直奔主题说明了来意。

可是石小东爸爸一听就摇头："我不会卖我家小虎的。"

汪舸在旁边急了，说："叔叔，你就把狗卖给我们吧，你可以拿这钱去给小东治病呀！我让我爸出五千，你就答应了吧？"汪舸说完，用恳求的眼光看看自己的爸爸，又看看石小东的爸爸。

汪守北虽然一肚子的不情愿：这种草狗也值五千？不过看看这户人家的窘境，看看儿子这么喜欢，也就没再表示异议。

也许是石小东爸爸自己也没有想到小虎能卖这个价吧，他想了想，涨红着脸说："中，卖就卖了吧！"他弯下腰去，抚摸着蹲在地上的小虎，无可奈何地说："小虎啊，要不是为了给小东治病,人家就是出一座金山我也不会卖你的呀!"

石小东的爸爸接过汪守北递来的钱,然后就把小虎抱上了汪守北的车。车子开动时,小虎在车上又叫又跳,汪舸一把把它抱在怀里,轻轻地抚着它身上的毛,小虎也乖巧,没一会儿就安静下来了。

一回到家里,汪舸就给小虎洗澡,给它梳理毛发,忙得不亦乐乎。看到儿子这么高兴,汪守北觉得花这五千块钱真是值啊!

第二天早晨,汪守北起床后想去看看小虎,可是奇怪得很,找来找去就是不见小虎的踪影。汪守北赶紧跑到汪舸房间,把儿子叫醒,问他:"你把小虎藏哪儿了,怎么不见它影子?"

谁知汪舸像是早知道似的,一点不着慌,打着哈欠,漫不经心地说:"丢就丢了吧,不就是一条土狗嘛,有什么大不了的?"

汪守北一听汪舸这么大的口气,气得非要拉他一起去找,汪舸却老大的不情愿。就在这时,门铃响了,还听到一阵狗叫,汪守北去开门,却见小虎一头跑了进来。

汪舸顿时愣住了,气鼓鼓地对着小虎吼叫:"怎么回事? 你为什么又跑回来了?"

他话音还没落呢,一个声音答话了:"是我送回来的。"进来的是石小东的爸爸。

石小东爸爸进门就恭恭敬敬给汪守北父子俩弯腰,说:"谢谢你们的好意! 可小虎是你们花大价钱买来的,我不能让你们花冤枉钱,所以将狗给你们送回来了。"

"不行! 你把小虎领回去!"汪舸生气地大叫起来,"今天谢元和他爸爸还要去你家买狗呢,你把狗送来,他们还买什么?"

汪守北一听糊涂了:"谢元是谁? 这到底是怎么回事?"

"谢元是你儿子班上的同学。"石小东的爸爸眼睛有点潮,他动容地对汪守北说,"我跟你说了吧,是这么回事。我家小东得了很重的病,医生说,要治至少得花二十万。我一个农民,别说二十万,就是二万也拿不出来呀!可孩子没钱治病,就只能在家里躺着等死。两个学校联欢的时候,老师把我儿子情况一说,大家就为我儿子捐款,一共捐了二万多。可二万离二十万还差得远啊,孩子们看到我家养的小虎,就想了个办法。他们说,既然大人不愿多拿钱,他们就想办法要大人轮流来买小虎,只要轮一圈,小东的医药费就凑齐了……孩子们自己还排了顺序,你家是第一个,谢元家是第二个……我开始还不知道,结果昨天晚上一看小虎跑回家来,我问小东,小东才将前前后后的事情跟我说了。我一想,这哪行,这不是让孩子们去骗家长吗?就是凑齐了这笔钱,我心里也不安呀!所以今天一大早,我就把小虎给你们送回来了。"

汪守北一听,愣住了,好半天才回过神来。

第二天,汪守北开车把小虎带去了汪舸的学校,请求班主任老师当天召开一个家长会。家长会上,汪守北动情地讲述了他这两天的经历,感慨地说:"各位家长,我想,我们一起来遂了孩子们的心愿吧!我不想让我们的孩子学会欺骗,如果谁愿意救石小东同学,愿意买小虎,我们就挑明了买。当然了,谁买了小虎,小虎只能在谁家呆一天。"

在场所有的家长都争先恐后地掏钱买小虎,但他们却没有一个将小虎领回去,他们只是上来轮流抚摸了小虎一下,那神情,就像是在抚摸自己的孩子。大家说:"应该让小虎回家,回到小东身边,陪伴小东快快把病治好,让小东早日回到学校里来。"

家长会结束了,大家目送着汪守北的车开往乡下。车上,有大家共同的小虎,还有刚才很快凑齐了的二十万元钱……

（方冠晴）

（题图:黄全昌）

日 久 人 心

"路遥知马力,日久见人心",朋
友之间,患难见真情,患难也露原形。

神秘的阿奇花

　　六十年代初,医学院的一对同窗好友吕奇和马宁,毕业后为了支援边疆建设,一起来到云南边陲的一个小镇卫生院工作。

　　这天,吕奇找到一个傣族老乡做向导,打算冒险去闯一趟"死亡谷"。死亡谷是深山里的一条峡谷,人迹罕至,灌木丛生,到处是猛兽毒虫、瘴气毒雾,还有令人毛骨悚然的十里沼泽。但据说那里有一种名叫"阿奇花"的草药,能治百病,曾数次有人冒死进去采过,却没有一个活着回来。吕奇开始还不信这个传说,但一次偶尔从祖传的药书上看到确有记载,于是就跃跃欲试,想把这种神奇的草药采回来,好好研究一番。

　　吕奇约好朋友马宁一起去,于是这天,他们两个人就跟着傣族老乡一起,翻过两座山头,进入了死亡谷。抬眼看去,死亡谷两边高山耸立，崖壁陡峭，谷中迷雾幽绕，死寂无声，再低头看，四周长满了密密匝匝的灌木荆棘，脚下全是没到膝盖的腐叶和奇臭的淤泥。吕奇和马宁立刻都意识到自己此刻已深陷凶险之地，紧张得连气都透不过来。

傣族老乡也不和他们说话，"呼"地从腰里拔出开山刀，挥舞着开起路来，随着"嚓嚓嚓"的声音，一丛丛荆棘倒在他的刀下。吕奇和马宁不想示弱，于是就跟在他后面，吕奇背着药箱居中，马宁握着猎枪断后，随时准备对付从灌木丛里蹿出来的野兽。

就在这时，在前面开路的老乡突然"哎唷"大叫一声，一头栽倒在了地上，吕奇和马宁大吃一惊，上去一看，发现老乡左腿肚上有几个深深的牙印，伤口在不停地渗血。吕奇和马宁都是医学院毕业的，一看就知道老乡这是被毒蛇咬了，吕奇立刻拿下背上的药箱，从里面掏出一瓶蛇药，倒出一些给老乡敷上。

吕奇问老乡："你看见咬你的那条蛇了吗？"

老乡心有余悸地点点头："看见了，墨绿色的……"

"墨绿色的？是阿奇花蛇？"吕奇惊叫起来。

阿奇花蛇常在阴暗潮湿的峡谷沼泽地活动，因爱吃阿奇花而得名。阿奇花本身无毒，可一旦到了阿奇花蛇的肚子里，就会产生剧毒，这时候它如果去咬人，毒素很快就会随着血液侵入人体，皮肤变成墨绿色，浑身犹如抽筋刮骨般疼痛，毒素侵入心脏后，人必死无疑，一般蛇药根本治不了它。

马宁一听是阿奇花蛇，顿时惊恐万分，拉过吕奇悄悄问："这老乡死路一条了？那咱们怎么办？"

吕奇显得有些激动，说："据药书上讲，也不必太紧张，只需将几瓣阿奇花捣烂后拌上普通蛇药，给伤者外敷内服，片刻就能治愈。阿奇花蛇是靠吃阿奇花生活的，既然老乡刚才看到它，说明附近就有阿奇花。我在学校里就已经研究过这花的神奇药性了，它对治疗癌症也有疗效，如果咱们今天真能采到，不但老乡有救，我那个关于阿奇花的研究项目离成功也为期不远了。"

一听吕奇这么说，马宁似乎立刻把害怕抛到了九霄云外，当即自告奋勇地拄着猎枪走在前面开路，吕奇背着老乡，踩着他的脚印紧跟在后。沼泽地里坑坑洼洼，泥潭遍布，稍不留神就会陷入泥潭，顷刻间被吞没，马宁这么不怕死，吕奇心里很感动。

不知走了多少时候，一步又一步，一步又一步……突然，吕奇眼前一亮，他看见不远处有一丛奇异的植物，茎、叶、花瓣全是墨绿色。"阿奇花！"他惊喜地叫了起来，把老乡往地上轻轻一放，就扑过去把一大捧阿奇花从灌木丛里拔出来。

可谁知就在这时，一阵钻心的痛突然从吕奇手上袭来，一条墨绿色的小蛇"飕"地滑过他的指缝，眨眼没了踪影。"该死！"吕奇暗骂自己太粗心，他马上转过头去，冲着马宁大喊："快，拿蛇药来，我被咬了！"刚才因为背着老乡，他身上的药箱已经被马宁抢去背了。

马宁见吕奇被蛇咬了，吓得浑身直打颤，他把药箱掏了个遍，说："真该死，可能是刚才给老乡治伤时没把蛇药放好，现在找不到了。"

吕奇一听蛇药找不到了，心不由猛地一沉：光有阿奇花没有蛇药，这有什么用？看来老乡和自己都只有等死了……他容不得自己多想，立刻把手中一大捧阿奇花递给马宁，说："你把它们带回去。记住，我研究的材料都夹在《本草纲目》里，放在我桌子最下面的那个抽屉里。如果我真被毒死了，你一定要代我完成这个项目的研究。"

马宁颤抖着手接过吕奇递给他的阿奇花，哽咽道："奇哥，我先把花送回去，你放心，我就是累死也要爬回来救你们！"说完，他转身就走，顷刻间就消失在了浓浓的幽雾之中……

吕奇知道自己马上就要不行了，浑身上下像有无数根钢针在扎，他索性闭上眼睛，等待死神的到来。可就在这时候，他听到有人在叫他，睁眼一看，竟是那位刚才已经昏迷过去了的老乡。

只见老乡拼命挣扎着，用手指着他自己的胸口，对吕奇说："吕大夫……我有……有我们傣家治……治蛇毒的土……土药……只够一个人用……你别……别管我，我这把老骨头了，早扔晚扔……扔哪儿都一样，可你……好不容易……我们……大家不能没有医生呀……"

老乡很快就气绝身亡，吕奇强忍悲痛，拼尽全力爬到他身边，从他怀里掏出蛇药，又把那些掉在地上的阿奇花的碎花瓣拢在一起，捣烂后和蛇药拌着，一部分吞进了肚里，一部分涂抹在了伤口上……

果然没多久，吕奇就觉得浑身的伤痛感消失了，没想到阿奇花的功效竟比想象中的还要神奇。吕奇在傣族老乡的遗体旁跪下来，恭恭敬敬地给他磕了三个响头。

就在这时，幽静的峡谷里突然传来几声惨叫，吕奇脑子里一个闪念：谁？难道会是马宁遇了险？他顾不上多想，赶紧循声奔去。果然，马宁正在那儿满地打滚，痛苦地嚎叫着，两条腿上布满了血淋淋的齿印，看这样子，不知有多少条阿奇花蛇咬了他。

"奇哥，快救……我……"马宁痛得浑身抽搐。

吕奇急得双脚跳，绝望地摇头，说："兄弟，怎么办？没有药了，老乡已经死了，他把仅有的一包药给我吃了，我不知道你会这样。"

"不！"马宁急得眼珠子都快蹦出来了，"奇哥，那瓶药还在……在药箱里。"

吕奇怀疑自己听错了："你不是说那瓶药丢了吗？"

马宁结结巴巴道："对不起，奇哥，是……是我骗了你。"

吕奇不由惊呆了："骗我？这是为什么？"

马宁一脸愧色，只好承认说："我想一个人把阿奇花带回去，好独吞你的研究成果。奇哥,我该死,你就原谅了我吧?"

原来如此! 吕奇心里难受极了,万万没料到多年的同窗好友,竟会如此无情无义。他气愤极了,转身就走。

马宁一看吕奇走了,忍不住声声哀叫:"奇哥,是我一时糊涂,看在多年兄弟的情分上,你救救我,救救我呀!"

是呀,毕竟是多年的好兄弟啊。再说,即使马宁是陌路人,自己是医生,也该救死扶伤呀! 想到这里,吕奇走了回来,问他:"药在哪儿?"

由于毒性渐渐发作,此时马宁的手脚已经不能动了,他用嘴朝旁边的草丛里努了努。吕奇走过去一看,只见药箱里的药摔了一地,那瓶蛇药就滚在离马宁躺着不远的地方。

吕奇打开药瓶,倒出药末,将捣烂了的阿奇花和它拌在一起,给马宁服下,随后又将剩下的一些涂抹在他的腿上。

不多一会儿,马宁的神情就平静下来了,他从地上坐起来,朝吕奇微微一笑,说:"奇哥,你最大的弱点,就是心太软。"

吕奇听了他这话不由一愣,抬起头来,只见马宁手里举着一把猎枪,正对准了他的胸口。顿时,吕奇心里像被撕裂了一般:难道在马宁眼中,名和利真比朋友情义还重要吗? 吕奇失望极了,他闭上眼睛,朝马宁冷笑了一声:"有本事,你就开枪吧!"

"奇哥,不要恨我!"马宁咬咬牙,狠狠心,"砰"一下扣动了扳机……

枪响了! 可奇怪的是:倒下的不是吕奇,而是马宁自己。

吕奇睁眼一看,只见马宁手里的那支猎枪,枪管被炸得稀烂。他不由走过去,拾起破枪一看,明白了:这一路走来,马宁一直把猎枪当拐棍使,枪管里早塞满了淤泥,枪膛内的铁砂和火药打不出去,把枪管炸裂了。此刻,吕奇心里真是百感交集……

（陈世勇）

（题图:张恩卫）

不速之客

　　许明是石城市一家机关里的转业干部,妻子何红在居委会工作,他们有一个舒适安逸的家。

　　除夕之夜很冷,天上还飘起了雪花,许明和何红在老人家里吃了年夜饭回来,快走到自己家门口的时候,何红捅捅许明说:"哎,你看!"借着不太亮的街灯,许明看见自己家门口有一个穿大衣的陌生汉子,正在探头探脑地转悠。他想干啥? 许明一把拉过何红,隐到了暗处。

　　只见那汉子裹了裹大衣,转身离去,但走了几步之后,又迟缓地掉过头,走到许明家门口,伸手在防盗门上敲了几下。

　　许明忍不住一个大步冲了上去,断喝一声:"你找谁?"

　　那汉子转过头来,打量了许明一眼,高兴地叫道:"老班长,你认不出我了?"

"你是……"许明听他的声音有点熟,却怎么也想不起他是谁来。

"老班长,你真认不出我来了? 我是三班的熊正寿呀!"汉子说着,又看看何红,"这位是……是我嫂子?"不知是因为激动还是天太冷,汉子的声音听上去有些发颤,"还记得吗? 老班长,拿谅山那晚,临上去之前,你悄悄把我拉到一边,从怀里掏出嫂子的相片交给我保管,说要是'光荣'了……"

"噢……"许明这下想起来了:熊正寿,东北人,当年和自己一个班的,可自打分手后,就一直没有他的消息了。

许明赶紧将熊正寿往屋里请:"好家伙,你是怎么找到这儿的?"

熊正寿说:"大前年在天津遇到老排长,听他提起过你。我刚才先找到你单位,问了门卫老头,才找到这里的。"

说着话,三个人就进了屋。许明打开客厅里的灯,熊正寿拉了张身边的椅子就坐下来,他轻轻叹了口气,又紧紧身上的大衣。

既然是许明的老战友登门,何红理该热情招待才是,可何红一边端茶递烟,一边用眼角扫熊正寿,心里直犯嘀咕,扭过头就给许明递眼色。

许明不由也留意起眼前这个老战友来,只见他双眉紧锁,神情憔悴苍老,灰黄消瘦的脸上满是胡茬,身上的灰色呢大衣皱皱巴巴的,脚上的皮鞋瘪瘪塌塌的,两手空空荡荡,行李包裹没有一件。这副落魄样子,简直就和大街上的乞丐差不多。

许明心里也觉得疑惑,不由脱口问道:"熊正寿啊,这些年你怎么混成这个样子?"

熊正寿艰难地咧嘴笑了笑,脸上的表情很不自然,他张了张嘴,想说什么,却又没说出来,只是端起杯子一口接一口地喝茶。

　　屋里的气氛一时显得有些尴尬,许明看熊正寿额头上汗也沁出来了,于是递了一支烟给他,又拿出打火机替他点上,说:"屋里有暖气,你把大衣脱了吧。"

　　可谁知熊正寿往额头上抹了把汗,将大衣掀开半边,却又马上裹起来,连连摆手说:"不热,不热,没关系,没关系。"

　　见他这副样子,许明心里的疑惑更大了,断定熊正寿今天登门,一定有什么事情。

　　果然,熊正寿开口了:"唉,我真是窝囊啊。"他长长地叹了口气,断断续续地说起了事情的经过。

　　熊正寿的老家在一个偏僻山村,退伍后的十多年里,他一没门路二没特长,所以一直混得不死不活的。眼看村里的年轻人一个个飞出山外去打工,他心里也痒痒的,终于下决心也南下闯荡去,可到了广州以后,他根本找不到工作,就只好在街头给人家擦皮鞋。

　　几天前,熊正寿怀揣一万多块辛苦挣来的血汗钱,乘长途车回老家过年,没料车开到半路抛了锚,突然从路边蹿出来三个歹徒,叫车上所有人把钱交出来。熊正寿死活不肯,于是就被歹徒拖到车下打昏在地上,装着血汗钱和身份证的上衣也被剥走了。后来,幸亏一个拾荒的老太太给了他这件大衣,又给了他十五块钱买了张短途车票,他才来到这里……

　　熊正寿讲到这里,许明夫妻俩一时都没有吭声。两个人不约而同地相互交换了一个眼神:这是真的吗? 如果是真的,熊正寿现在身无分文,他今天上门,是来借钱的?

　　许明给自己点上支烟,狠狠地吸了一口,若有所思地问熊正寿:"出了这种事情,你家里……还不知道吧?"

　　见熊正寿点头,许明顺手将桌角上的电话机往他面前推了推,说:"那你还是快给家里通个电话,先报声平安吧,家里等你不回,他们不知会怎么担心呢!"

　　许明这样做,其实是希望能以此来判断熊正寿讲的这段经历是真是假,而且留下他老家的电话号码,万一以后有什么事,还能找到他。

　　可熊正寿却对许明说:"老班长,你……你不知道,我老家那地方又穷又偏远,到现在村里都还没哪家装上电话呢。"

　　许明吃不准熊正寿这话的真伪,想了想,说:"要不,我先陪你去趟派出所报案吧?"

　　"别麻烦啦,老班长,"熊正寿摇摇头,"案发地又不在这里,报了案也是远水救不了近火呀。"他说着,欠身朝客厅对面的卫生间扫了一眼,对许明说要解个手,就走过去关上了门。

　　不一会儿,里面传出一阵"哗哗"的水声,趁这工夫,何红悄悄问许明:"你信他的话吗?"

　　许明沉吟道:"现在很难判断。"

　　何红急了:"那我们怎么办?"

　　许明说:"我看不管是真是假,反正他肯定是遇到了难处。既然千里迢迢地找我来了,今天又是除夕夜,我还能咋办? 先让他在这儿过了年再说吧。"

　　"你昏头了?"何红一听许明说要留熊正寿在家里过年,气得瞪着眼睛就把许明往屋角拽,"这年头,什么乱七八糟的事没有?你想学雷锋,也得先留点神哪。"

　　许明一听何红这话,生气地说:"照你意思,莫非要我赶他走? 我们曾经是出生入死的战友啊!"

　　"哼,是战友不错,可那是多少年前的事了? 嘿,亏你还见多识广呢,你如今凭啥相信他?"何红尽量压低声音说,"你也不想想,人是会变的呀,都过去这么多年了,你了解他的过去,可你了解他的现在吗?"

　　许明朝何红撇撇嘴:"你别疑神疑鬼嘛!"

　　"我疑神疑鬼?"何红直朝许明翻白眼,"那些天天挂着'求助学费'纸牌、可怜巴巴跪在大街上的少年,那些天天拉住过往行人诉苦、说丢了回家路费的妇女,究竟有几个是真的? 我在居委会工作,这样的事见得多了。"

被何红这么一说,许明心里有点乱了:"那……依你看呢?"

"要依我看呀,你这个战友……"何红朝关上门的卫生间看了一眼,连连摇头。

这时候,熊正寿还没有从卫生间里出来,许明突然觉得,自打熊正寿进去后,里面"哗哗"的水声好像一直没有停止过,他心头闪过一种莫名的感觉,不由朝卫生间走去。

在"哗哗"的流水声中,许明隐约听到似乎夹杂着短促而压抑的喘息的声音,那声音尽管很低,但听起来竟有一种毛骨悚然的感觉。莫非,熊正寿找上门来真有什么不可告人的目的? 或者是他在玩什么花招?

许明试着推推卫生间的门,纹丝不动;他又拿出钥匙轻轻插进锁孔,想突然给熊正寿个措手不及,但发现门被从里面反锁死了。怎么办? 是再等会儿,还是马上敲门进去?

许明和何红正举棋不定,忽然,里面传出"通"一声响,紧接着似乎又有什么东西撞在门上。夫妻俩心里一紧,不约而同地抬手就拼命敲门:"开门,开门,熊正寿,快开门!"

敲了好半天,门终于开了,熊正寿站在门口,静静地看着许明和何红。

许明紧张地问:"刚才什么声音? 你……你在里面怎么了?"

"没怎么呀,我解了手,洗了把脸……"熊正寿依然紧裹着大衣,朝许明和何红笑笑。不过尽管如此,许明还是发现熊正寿笑得很勉强,身子在大衣里直哆嗦。

熊正寿回到客厅后,何红朝许明递了个眼色,说:"你看,光顾着说话,你战友还饿着肚子呢,快帮我下饺子去吧。"她一边说,一边就拉许明走进厨房,然后赶紧轻轻掩上门,对许明道,"我看这人来路不正,咱摸不清底细,不如当机立断打发他走人。"

许明知道何红不是个势利冷漠的人,实在是因为世事使她变得谨慎起来,况且她的话也不能说没有道理。但此刻真要将以往的生死战友赶走,许明还是狠不下心来。

透过门缝,许明悄悄注视着蜷缩在客厅里的熊正寿,踌躇了一下,对何红说:"咱们再想想,看还有没有更合适的办法? 万一他刚才说的是真的呢? 那咱们在这个时候赶他走,就实在说不过去,也太没有人情味了……"

可是何红不答应:"你别放着安稳日子不过,给我惹出点事儿来。万一他真是在当地杀人犯法了呢? 万一他真是一个被通缉的罪犯呢?"何红又惊又急,连气都喘不匀了,"咱要是收留他,没准就成东郭先生了,说不定还会被警方传去,成为窝藏犯,到时候咱们可就是有一百张嘴,也解释不清哪!"

许明想想何红的话说不定真有道理,可还是拉不下这个面子,他还在犹豫。

这时候,客厅里开着的电视机里,除夕夜的春节联欢晚会正进入高潮,街上此起彼伏的鞭炮声也越来越热闹,而原本蜷缩在那里的熊正寿呢,好像越来越显得焦躁不安起来,他不停地喝茶、抽烟,又时不时走到窗前,掀开窗帘打量屋外那越飘越紧的雪花,像是一头疲惫的困兽。

许明对自己说:"看来,真的不能再犹豫了。"

可是,用什么借口赶熊正寿走呢?

何红灵机一动,很快想出了一个主意:由她在厨房里打许明的手机,故意说成是局长打来电话,要许明立即去单位值班,然后顺水推舟扔二百块钱,让熊正寿走人。二百块钱买个太平,夫妻俩都觉得值。

然而,当他们两个人从厨房出来,却发现客厅里的熊正寿不见了,屋外洁白的雪地上,留下了他那两行歪歪斜斜的脚印,消失在夜幕尽头……

两个月后,许明收到一封寄自东北的信,拆开一看,是熊正寿写来的。信上这么说:

　　老班长,嫂子:

　　　　请原谅我除夕之夜的不辞而别。

　　　　那晚在你们面前,我大致说了事情的经过,但是却隐瞒了一个重要细节:在与歹徒搏斗中,我的胸部和背部被刺了三刀,并且伤口还在流血。尽管每动一下都疼得钻心,可我却没敢流露出来,因为我记得老班长曾经说起过,嫂子从小就有晕血症,见不得血,何况当时还是除夕夜,我不忍让你们紧张。

　　　　那天,我担心我坚持不到家里,所以才不得已登门,我不求别的,只求你们给我一点路费。可是,当时也许是我太冒失了,那一刻我明显感觉到了你们对我的怀疑。我觉得我的自尊心受到了打击,后来就把借路费的话强咽下肚去。后来,我身上的伤口突然疼得厉害,不得已只好躲进卫生间,让"哗哗"的水声来掩饰我痛苦的呻吟。我脱下外衣,对着镜子检查伤势,没想由于虚弱而昏倒在里面。

　　　　也许是苍天有眼,离开你们后我沿路讨饭,居然奇迹般的活了下来。正月十五那天,当我回到家里时,家中老老少少,还有全村的人,都为我哭了。

　　　　……

　　看到这里,许明怔住了,他的心头仿佛被压上了一块沉甸甸的大石头,不禁喃喃道:"熊正寿啊熊正寿,我多么希望你那时候真是一个说谎的骗子啊……"

（叶林生）

（**题图:魏忠善**）

一杯苦酒

　　这天下午,有个叫林家发的打工仔,下了班去街上闲逛,没想到碰上了恩人李成量。四目相对,林家发真是又惊又喜,握着李成量的手叫道:"兄弟,这是缘分哪!"

　　林家发原本是个农民,老家在河南,三年前南下广州打工,不料刚出火车站,钱包就被人扒了,一个大男人,急得当场竟哭出了声。后来过来一个路人,问明情况后毫不犹豫地就掏腰包送了林家发五十元钱,林家发就凭着这钱去沿海东江市,经老乡介绍进了西伦皮件厂,找到了活儿。

　　三年了,林家发无时不想着要报答恩人,没想此刻竟会在街上相遇,他把李成量拉进小饭馆,两个人边吃边谈。

　　李成量告诉林家发说,他在广州打工的那家工厂倒闭了,听说东江这边厂多,于是就过来找工作,谁料找了三天还没着落,而身上的钱已经用得差不多了,他不敢住旅馆,在车站候车室里蹲了三晚。他现在最大的愿望,就是先美美睡上一觉,然后马上就能找到工作。

林家发听李成量这么一说,心想:报恩的机会不是来了吗?他拍拍胸脯对李成量说:"兄弟,别的事情我不敢说,睡觉的问题我帮你解决。"吃过晚饭,他就把李成量带回了自己的宿舍。

林家发那宿舍不大,放着四张窄窄的铁床,李成量一看,这小铁床只能睡一个人呀,他犹疑着问林家发:"我睡这儿,那你自己怎么办?"

林家发说:"我正好上夜班。如果有人查铺,你只管蒙头睡,别露脸就行。"其实厂里根本不开夜班,但林家发宁愿自己露宿街头,也要让朋友睡个安稳觉,所以才故意这么对李成量说的。

安顿好了李成量,林家发在街上转了一圈,就走进了一家录像厅。打工的日子辛苦又单调,所以每个月林家发都会花上二十元,在这里看一个通宵的录像,借此宣泄一番。现在他又来到这里,直待到第二天早晨,才伸伸懒腰,打几个哈欠,走出录像厅。

林家发准备去宿舍看看李成量起床了没有,想带他去吃早点。突然,他发现街上正在晨练的那些人,正叽叽喳喳地在说着一个可怕的消息:昨天晚上,西伦皮件厂爆炸起火,死了不少人。

林家发立刻想到了李成量,可千万别让他出什么事情啊!正惊恐不安的时候,一个报童擦着林家发身边跑过,手里举着报纸,嘴里高叫着:"晨报晨报,特大噩耗……"林家发赶紧掏钱买了一张,翻看起来。

只见头版头条登着一群消防官兵在现场灭火的大幅照片,旁边写着:昨晚十点,我市西伦皮件厂因化工原料仓库爆炸引起厂区着火,离库房最近的一排宿舍当场被炸毁,火势十分凶猛。大火直至今晨一时才被扑灭,目前有关方面正在清理现场。据初步统计,伤亡三十余人。事故原因正在进一步调查中……

林家发还没看完就两眼发黑,差点跌倒在地上,离库房最近的,就是他住的那排宿舍,看来李成量肯定被炸死了。

街上来来往往的路人都在议论这件事。有的说:"这一次哪,皮件厂的老板算是完了,得赔多少钱呀!"有的说:"倒霉的还有保险公司,最少也得赔每个人十万元!"林家发心想:打工仔辛辛苦苦干一辈子也挣不下十万元,如果真能赔偿这些,那李成量总算没有白死。一想到这里,他就急匆匆地往厂里走,他要赶回去给厂里申明,遇难者里有一个人是他的恩人,江西人李成量。

可走了两步,林家发不由停下了脚步:江西何其大,李成量是江西哪个县哪个乡哪个村的人呢?自己一概说不上来。只怕到时候李成量得不到赔偿,反倒是自己因为私自留宿客人,被追究责任哩。

林家发脑子里突然跳出一个念头来:如果我不去说明情况,厂里就会以为我被烧死了,将来的赔偿就会落在我的头上。十万,整整十万元哪,林家发想想体弱多病的老婆翠花,想想等着交钱上学的儿女……仅仅就这么一想,林家发来了个向后转,在城乡结合部找了个小旅馆住下了。他决定先让自己好好清理清理脑子,然后再来考虑怎么对待这件事。

等林家发一觉醒来,已经是第二天上午了,他听到外面大客厅的电视机里正在播放本地新闻,于是立刻就从床上跳起来,冲出去看。正好,新闻里这时候在报道西伦皮件厂的火灾事故,原因已经查明,是由于化工原料堆放不当造成的,责任当然在厂方。事故中遇难人员也统计出来了,一共是二十六名,已经通知他们的家属前来处理善后事宜。厂方和保险公司的理赔工作也同时进行,每个遇难者将获十五万元赔偿。公布遇难者名单时,林家发发现他的名字也在其中,不禁喃喃自语道:"怎么这么快就弄清遇难者了?"

旁边就有人说:"那些烧死的人都焦煳一团了,哪还分得清谁是谁啊。听说厂里是按职工名单排查的,除了活着的,其余都算烧死的,算下来正好一个不缺。"

林家发心里一"咯噔":那只要自己不站出来,不就等于已经"被烧死了"? 那不就可以让翠花拿到十五万元赔偿金? 自己辛辛苦苦出来打工,不就是为了赚钱让翠花和孩子能过上好日子吗? 至于恩人李成量,以后每年的今天,自己就多给他烧些纸钱吧。

主意一定,林家发就搭上夜行客车悄悄离开了东江市,然后转火车,再换汽车,一口气来到遥远的西部毛乌素沙漠边缘。也算是赶巧了,正好有个民营企业家在那里承包了万亩沙丘,要造林封沙建立林场,急需大批劳动力,林家发身强力壮,一去就被留下了。

林场的生活条件十分艰苦,但远离人群,不用担心会被人认出来,正合了林家发的心意。因此,到这里打工的人像走马灯似的你来他往,唯独林家发一干就是三年。

这三年里,哪怕再苦再累,林家发也无所谓,可有一件事他最怕。什么事? 就是过年。中国人讲究个合家团圆,到时候大家都回去探亲了,林家发不能走,因为他说过他是有妻子儿女的。可离开林场他又能去哪里呢? 只好在当地小县城里找个旅馆,悄悄呆上半月。这个时候,他的眼泪就止不住"哗哗"地流。

到了第四年的春节,林家发实在熬不下去了,对翠花和一双儿女的思念几乎让他发疯。他算算这四年里干活攒下的钱,再加上翠花拿到的李成量的赔偿金,数目不小了。林家发决定回去一趟,把翠花和儿女接过来,索性就在林场安家。

春节前夕,林家发悄悄回老家去了。车到县城的时候才下午四点钟光景,他不敢大模大样进村,只能等到天黑,于是就在鼻梁上架了副巴掌大的墨镜,找了家茶馆,坐在里面熬时间。

年近岁尾,茶馆里冷冷清清的,林家发独自喝了一阵茶,好一会儿,才进来一个客人。

那人进门就对女老板说:"泡一壶好茶,我要在这里等个客人。"吩咐完了,他就找了张靠窗的桌子坐下来。

林家发不经意间扫了他一眼,禁不住"妈呀"一声跳了起来,慌乱中把墨镜也碰下来了。

那人看了一眼林家发,竟然也叫出声来:"我的娘啊!"

四目相对,林家发颤抖着问:"李成量,你不是鬼吧?"

那人眼睛瞪得比鸡蛋还大:"林家发,你还活着?"

大白天哪来的鬼啊? 惊悸过后,林家发和李成量坐到了一张桌上,两双大手紧紧相握。

林家发惊讶地问:"那次大火,没有烧着你?"

李成量叹了口气,说:"你那天走后,进来个大个子,还领着一个人……"

林家发说:"大个子? 那是我们班长,也是宿舍长,为人霸道,我们都怵他。"

李成量说:"可不是嘛,他一进屋就把我从床上揪起来,说厂里有规定,宿舍里不准留外客,叫我赶快走。看他那恶声恶气的样子,我猜你平时在他手下的日子绝不会好过,所以走了之后就不想再麻烦你,还是去候车室蹲了一夜。可谁想第二天就听说你们厂里出了这么大的事,报纸上登了名单,有你的名字,我当时可惊呆了……"

林家发简直觉得自己是在听天方夜谈,可李成量就活生生地坐在面前,如此看来,那天被烧死的,肯定就是大个子带来的那个人了。大个子硬把李成量赶走,是要李成量让出铺位来给他朋友睡,没想他们两个一起送了命。

恩人没死，林家发心里立刻少了一份内疚，于是就把自己打那以后的情况说了个一五一十。最后，他不好意思地对李成量说："兄弟，既然你没死，那赔偿金就得给你分一半。对了，"他说到这儿，像想起了什么，问道，"兄弟，你在这里等什么客人？"

李成量突然就垂下了头，狠劲捶自己脑袋："这是什么事啊？"

林家发惊讶地看着他："兄弟，咋了？"

李成量半天不说话，再一开口，却是石破天惊差点没把林家发震死。李成量说："我……我和翠花……结婚了。"

林家发死死盯着李成量："这怎么可能？"

世界上的事情，出乎意料的太多。当初李成量得知林家发被烧死，立刻以朋友身份去吊唁，就碰上了翠花。翠花哭得死去活来，几次拿头撞墙要寻死，李成量百般劝说，护送她回家，可翠花一直打不起精神来。李成量实在看不下去了，顾念朋友情谊，于是就买了辆三轮在县城打工，农忙时来乡下帮翠花种地收庄稼，一来二去，两个人渐渐有了感情，在乡邻的撮合下就成了夫妻。婚后，翠花拿出那笔赔偿金，在县城开了个服装店，经营几年发了点小财，他们就在县城买了房子。如今，林家发的儿子已经上了大学，女儿也读中学了，成绩挺不错，一家人的日子，真正是开始奔小康了……

林家发听李成量说着这一切，简直如五雷轰顶，脑袋"嗡嗡"直响。唉，为了得到那十五万赔偿金，自己像老鼠一样躲在沙漠里不敢露面，可到头来却落得个鸡飞蛋打、人财两空。他梦呓般的问自己，也问李成量："我怎么办？我该怎么办哪？"

李成量说："既然你还活着，我就不能'鸠占鹊巢'。正好两个孩子现在都放假在家，咱们在一起商量商量吧。"

说着，李成量就拿出手机给翠花打电话，先通报林家发还好端端活着的消息，别到时候见面疑神疑鬼地受惊吓；再介绍林家发这些年的状况,以及他这次回来的打算,让翠花有个思想准备,自己好拿主意。

关于手机,李成量就带林家发去了县城的新家。儿子和闺女都在,还有一桌热腾腾的饭菜在等着他,因为事先得了通报,翠花和孩子们并没有显出多少惊惶失措。

李成量挺识趣,说是要去陪客户,就不在家吃饭了。李成量走了以后,林家发先叫一声"翠花",就左手搂了儿子,右手搂了闺女,再也说不出话来。一家人泪眼相望,哭声一片,却是谁也不知道说什么好,这场面太令人伤心,也太令人尴尬了。

末了,翠花沉不住气先开了口,又爱又恨地说:"家发呀家发,你好端端地活着,却叫我死了一回。我一个拖儿带女的乡下女人,突然成了寡妇,你让我怎么活?"

林家发说:"不是有十五万么? 我也是为了这个家,为了你们,才这么做的。"

可是翠花却哭着说:"钱算什么? 我只要人,只要我有丈夫,儿子和闺女有亲爹。"

林家发说:"我这……这不是回来了么?"

翠花颤抖着声音说:"我是黄土围脖奔五十的人了,难道因为你回来,就让我再嫁一回? 你干吗要这么做呀? 你……你是个罪人呀!"

林家发狠命拿手打自己的脸:"我图的啥? 我落了个啥呀?"满脸的泪水滴进桌上的酒杯里,那酒显得又苦又涩。

自己被钱害了,可再不能为此连累一家人呀! 放下酒杯,林家发痛苦地摇摇头,走出了这个现在已经不是他家的家。他的前面是公安局,他的身后是一对儿女,还有哭成泪人的翠花……

(曲凡杰)

(题图:刘斌昆)

这酒真难喝

有个叫良子的青年人,出狱后连家还没回,就被他哥几个拉去饭店,说是要为他接风洗尘,去去晦气。

哥们这么仗义,良子很感动,可让他意外的是,酒席上他没见"大虾",要知道大虾以前和他的关系是最铁的。

良子问"光头":"大虾怎么没来?他还好吗?"

光头吞吞吐吐地说:"他……他可能是有……有事吧。"

良子感觉得出,光头他们好像是有什么事瞒着他。

饭后,光头几个拉良子一起去洗桑拿,良子一点兴趣也没有。他一把拉过光头,问:"你给我老实说,大虾是不是背着我干什么事了?不然他不会不来喝这顿酒。"

光头为难地说:"大哥,这……这事……唉,其实我也是听说的,或许……或许根本没那回事儿。"

良子不耐烦了:"有屁快放。"

光头憋得一脸通红:"你不在的这几年里,他跟……他跟春秀嫂子……唉,这事儿我也说不清。"

"什么?"良子心里的火苗子一下蹿到了头顶,"这小子竟敢跟我老婆……"

良子一脸铁青,他使劲想压住心里这股火,可这火能压得住吗?他越想压,这火就越往上冒。踏进家门,良子一掌拍在茶儿上:"孟春秀,你跟大虾究竟是怎么回事?"

春秀一看良子这副样子,就明白是怎么回事了。可是出乎良子意料的是,春秀除了脸红,并不慌张,冷冷地看着良子,说:"既然你都知道了,那我也不瞒你。事到如今,要杀要剐随你便。"

原来良子入狱后,家里的重担全都压到春秀一个人肩上,既要照顾儿子,又要打理夫妻俩原来开的小五金店,成天忙得团团转。大虾看到春秀这个样子,就经常过来帮忙,有一回春秀儿子生病发高烧,一个星期都不退,大虾还帮着春秀把儿子送去医院,不但帮她交钱办入院手续,自己还留在医院里照顾孩子,让春秀放心回来开店。事后,为了感谢大虾,春秀特地请大虾到家里吃饭,没想喝了酒的大虾一时冲动做下了傻事,当时春秀因为对大虾心存感激,也就顺了他。慢慢地,这事儿就让良子的几个哥们知道了。

春秀对良子说:"你在里面的这几年,我一个女人家实在是扛不起家里这么多事,就靠大虾帮忙。你看着办吧,你想离婚也行,就是杀了我,我也没说的。"

良子瞪着两只眼睛瞅着春秀,可是他什么话也没说,"咕咚咕咚"将家里剩下的半瓶酒灌下肚,然后倒头就睡。

可是,良子越是这样春秀越是害怕,她知道良子的脾气,这一夜她根本没敢睡,她知道良子绝不会善罢甘休。

果然,第二天早上,良子瞥了眼春秀,说:"男子汉大丈夫,可杀不可辱,这事得有个了断。今晚我请大虾喝酒,你去买几个菜,再给我们买两瓶酒来。"

春秀当然知道良子请大虾喝酒是什么意思,吓得心里"怦怦"直跳,一整天心里都像十五只吊桶打水,七上八下的。

傍晚,春秀做好了饭菜之后,对良子说:"我去学校接儿子去!"

良子一把拦住她说:"不用了,我已经叫他姑姑去接,今晚就住他姑姑家,不回来了。"

春秀一听,心里更慌了,她知道,今晚大虾这酒不好喝。

这时候,就见良子抓起电话给大虾打了过去:"兄弟,昨天哥几个为我接风,就你没来,你也太不仗义了吧?咱俩是什么关系?你现在上我家来,咱俩好好喝两盅!"

电话那头,大虾结结巴巴地说:"大……大哥,这……我看……还是过两天我……我请你吧?今晚……今晚我有……有点别的事儿……"

"不行!"良子高门大嗓地嚷嚷道,"你还有什么事儿比咱俩见面还重要?现在你来也得来,不来也得来!几年没见了,我好想你啊,总不用我去请你吧?"

大虾知道躲不过去了,只好在电话里"嗯嗯嗯"地应着声。春秀在旁边却听得心惊肉跳,看来今晚一定凶多吉少。

放下电话后,良子一头冲进了厨房,他是去找刀的,可是找来找去就是没有。他朝春秀大叫大嚷道:"哼,看来他在你心里的位置比我重要啊?"

春秀惊恐地看着良子,忍不住哀求说:"你要做什么冲我来,我知道我做得不对。可我求求你了,你千万不要对大虾胡来,他没什么对不起我的。再说,我也绝不能让你刚出来又进去,我不想我们的儿子一直没有爸爸。"

良子冷笑一声："我知道你会来这一套。哼,我早准备好了。"说着,他"呼"地从沙发下面抽出一把牛耳尖刀,又从怀里掏出一小包药粉,把它倒进一个酒盅。

春秀惊恐万状地问:"这……这是啥?"

良子"嘿嘿"一笑,轻描淡写地说:"毒鼠强,又叫'三步倒',这玩意儿来得快。"

春秀吓得"扑通"跪倒在了地上:"良子,你可千万别做傻事啊,我求你了,这个家不能没有你,儿子不能没有爸爸。要不,你狠狠打我一顿,消消气吧?"

良子一把把春秀从地上拎起来:"哼,用不着你来教我,我知道我该怎么做。"

就在这时,"砰砰砰"有人敲门,来的自然就是大虾。

良子一把拉过大虾,说:"兄弟,几年没见,进屋吧!"

大虾一看春秀脸上的泪痕,讪讪地对良子说:"哥……我……也想你啊。"

这时候,春秀躲进了厨房。

"坐下喝酒吧,"良子招呼大虾坐下,"咱哥两今晚好好喝两盅,来他个一醉方休。"

大虾摸不清良子葫芦里卖的什么药,只得提心吊胆地坐下。

良子把放了毒鼠强的杯子放在大虾面前,自己端起一杯酒,对大虾说:"来,兄弟,我们先干三杯再说!"

大虾不知道放在他面前的这杯酒里有毒,端起来就要喝。

这时候,躲在厨房门后偷偷瞧着他们的春秀吓得大叫起来:"大虾,别喝!"她一头从厨房里冲出来,对大虾说,"大虾,感谢你这几年来对我的照顾。既然我们做出了对不起良子的事,这杯酒还是我替你喝了吧。"说完,她端起酒杯一饮而尽,又流着泪对良子说:"良子,对不起,我用自己这条命来了断这件事,总行了吧？就算我是自己找死。以后，我们的儿子就靠你照顾了！"

大虾惊恐不已："这酒有毒？"

春秀一脸悲壮地说："这是毒酒。大虾，你要保证，以后你不跟良子寻仇。"

大虾一听，"扑通"一声跪到了地上："哥，我对不起你，你杀了我吧！"

这时候，只听"乓"一声，良子掏出怀里的牛耳尖刀，一把插在了桌子上："朋友妻不可欺，你狗日的，连你嫂子的便宜也敢占？你给老子保证，今后绝不再犯，不然，老子现在就剁了你！"

大虾吓得磕头如捣蒜："我保证，我保证……大哥，快……快把嫂子送医院抢救吧？晚了……晚了可就来不及了。"

可是此时，却见春秀静静地坐在椅子上，她在等待最后时刻的到来，让她感到奇怪的却是竟然连一点中毒的反应也没有。难道良子买的是假药？春秀看了看良子。

良子一拳往大虾胸口擂去："你他妈的真以为我会干傻事啊？我这是警告你们。"他把自己面前那杯酒一股脑儿灌下肚去，然后长叹一声道，"今后我们好好过日子吧。我犯罪政府都宽容了我，我还有什么不能宽容你们的呢？春秀，给我们倒酒吧，今晚我们都好好醉一场，明天一切从头开始！"

春秀一听又惊又喜，她揩着脸上的泪，哽咽着大声应道："哎！"

（袁菽涛）

（题图：魏忠善）

斗牛士

　　不久前，阿方索的名字终于被列入了《斗牛名人册》，这是一个斗牛士所能获得的最高荣誉。可阿方索却高兴不起来，因为只要有第一斗牛士耶罗在，他阿方索就只能排第二名。

　　耶罗比阿方索大两岁，成名却早，当初就是他发现阿方索的斗牛天赋，把他引进行的。平日里，耶罗也总是对阿方索照顾有加，在外人看来，他们两个不是兄弟却胜似兄弟，就连两人穿的比赛服都是一样的。

　　然而，渐渐到达事业巅峰的阿方索，竟然就像着了魔似的，取得的成绩越多，就越想打败耶罗。眼看这一年的新年斗牛表演赛就要举行了，阿方索心里清楚，仅凭技术他是战胜不了耶罗的，可他还是决定要想方设法在这次表演赛上把耶罗除掉。

这天,阿方索开车去郊外看他的弟弟托雷斯,不久前他刚资助托雷斯买下一个养牛场。托雷斯一见阿方索,急忙丢下手上的活,把他让进屋里。

两人喝了一通酒,阿方索大言不惭地开腔道:"托雷斯,哥哥我的心事你最清楚,我想在这次斗牛表演赛上除掉耶罗,你有什么好主意?"

托雷斯朝阿方索会意一笑,压低声音问:"你的意思是,让他看起来像是死于意外?"

阿方索点点头。

托雷斯晃动着杯里的红酒,想了想,拍着大腿说:"牛不是一看到红色就会玩命地冲上去吗? 只要我们给耶罗比赛用的牛戴上一副能变色的隐形眼镜,那耶罗不就死定啦?"

阿方索一听,把脑袋摇得像拨浪鼓,失望地说:"我说托雷斯,亏你还养牛呢,所有的牛都是色盲,你难道不知道吗? 它们所以会在斗牛的时候不顾一切地朝斗牛士手中的红斗篷冲去,不是因为斗篷的颜色是红的,而是因为斗篷是动着的,动起来的东西才会让牛发怒。笨蛋!"说着,阿方索扔下酒杯,走出屋去。

阿方索心里只想尽快把耶罗除掉,可到底用什么办法呢? 他一时也没有什么好主意。他在托雷斯的养牛场里烦闷地走着,不知不觉走到了种牛交配的地方,只见那里有头膘肥体壮的公牛,正发疯般的朝一头正在发情的母牛冲去……

阿方索心里恶狠狠地想:哼,这被撞的如果是耶罗,那他就死定了。想到这里,他突然心里一动,红通通的眼睛一亮,一个大胆的计谋涌上了他的心头。

一个星期之后,迎新年斗牛表演赛就要举行了。比赛前一天的傍晚,阿方索找到耶罗,搂着他的肩说:"咱们为比赛紧张准备了这么长时间,今晚就一起喝两盅放松放松吧!"他不由分说地把耶罗拉进了一家小酒馆。

与此同时,阿方索的弟弟托雷斯按事先与阿方索的约定,偷偷潜入第二天赛场上要用的那个更衣室里,将母牛发情时的分泌物涂在了耶罗的比赛服上……

第二天,比赛的钟声敲响了,容纳数万人的斗牛场上此时座无虚席,助威呐喊声此起彼伏。斗牛士出场的顺序,是按他们名气大小逆序排列的,所以阿方索和耶罗排在了最后。

阿方索上场的时候,耶罗拍拍他的肩说:"老弟,祝你好运!"

此时,观众席上人们有节奏地呼喊着阿方索的名字,阿方索又紧张又兴奋,他深吸了口气,笑容满面地走到场地中央,彬彬有礼地向四周看台上的观众致礼,随后,潇洒地将手中的红斗篷一挥,做了个"放牛过来"的姿势。此时,只见场边上小木门一开,一头膘肥体壮的公牛如离弦之箭般冲了出来。面对来势汹汹的公牛,阿方索不慌不忙,招招式式都优雅自如,赛场上响起一阵又一阵雷鸣般的掌声。

不一会儿,公牛就累得直喘粗气,可它丝毫没有放弃进攻的意思,相反在几次扑空之后变得更加疯狂,低着头直冲前方,一双血红的眼睛瞪着阿方索手中的红斗篷,撒开四蹄,玩命般的猛冲过来。可是就在离斗篷几步远的时候,它突然放慢了步子,鼻子一张一阖地像是闻到了什么气味。

阿方索得意地等待着,他打算再来一个漂亮的翻转动作后,就结束这场完美的表演,接下来,他就准备看耶罗的好戏了。可谁知公牛此时却突然改变了方向,不是朝阿方索手舞的红斗篷,而是直接朝阿方索身上冲来。眨眼之间,阿方索就被公牛掀翻在了地上,天旋地转,剧痛难忍。也正是在那一刻,阿方索突然想到:一定是那个没心没肺的托雷斯,把母牛发情时的分泌物错涂在了自己的比赛服上。这原本是阿方索计谋中的一幕,应该发生在耶罗身上的啊!所以当那头公牛再次朝阿方索身上扑来时,阿方索只好大喊救命。

就在这千钧一发之际,让阿方索意想不到的是,耶罗冲上场来了,他赶在救援人员之前,飞身冲到公牛身后,挥起尖刀朝公牛屁股上猛刺过去,公牛痛得长嘶一声,猛地飞起后蹄,谁知不偏不倚正踢在耶罗胸口上。耶罗立刻应声倒地,而剧痛难忍的公牛这时候也放弃了对阿方索的进攻,跑到了一边……

盛况空前的斗牛表演赛,就这样在混乱中结束了,救护车将阿方索和耶罗送进了医院。

包扎之后,阿方索不顾医生的劝阻,来到耶罗病床前,拉着耶罗的手,愧疚地说:"兄弟,你……你干吗要救我啊?"

耶罗艰难地笑着,说:"真对不起,我看我那件比赛服没能给你带来好运,所以只好自己上场啦。"

"什么,我穿的是你的比赛服?"阿方索愣住了。

"是啊,"耶罗说,"我见你最近一直有点心神不定,很为你担心,所以比赛前发现你的比赛服上破了个口子,就把我自己的比赛服换给了你。我原本是想让你会感觉更安全些,可谁知……"

"不不不!"听了耶罗这番话,阿方索不禁泪流满面,"兄弟,该说'对不起'的,应该是我呀……"

(金　戈)

(题图:安玉民)

卡努的选择

卡努和迪乌夫是战友,也是好友,他们在一个名叫德罗巴的非洲部落里一起长大,然后又在同一个部队服役。一晃两年过去了,两人又都双双在部队里当上了班长。

可是,一场更大的考验也不期而至。

根据部队规定,士兵在两年之后如果转不成士官,就只有退伍。几天前,上尉在会上宣布,今年转士官的名额只有一个,卡努和迪乌夫是仅有的两个候选人。尽管卡努很想留在部队发展,但他心里十分清楚,迪乌夫的军事素质更胜自己一筹。想着要离开部队和随之而来的黯淡前程,卡努不禁长叹了一口气。

评选的日子很快就要到了,连里突然决定进行一次野外拉练,地点就选在距驻地几十公里的阿贝加沙漠。这天,天才蒙蒙亮，一阵急促的集合哨响彻着整个营房，很快，大队人马集结完毕，清点过人数和装备之后，上尉一声令下："出发！"

野外拉练对部队来说自然是家常便饭，但像这样徒步穿越纵深上百里的沙漠，却还是第一次。部队开进沙漠时，太阳刚刚升起，黄色的沙，酒红色的天，完全给人一种温柔与静谧之感，根本不像是要穿越"死亡之海"。可到中午时分不对了，部队推进到沙漠腹地时，太阳已经悬到了半空中，地表气温高达四十多度，士兵们的军装就像被水洗了一般，个个嗓子眼里含着一团火。上尉一看这阵势，只好命令队伍停止前进，原地休整半个小时。

这是一次真正意义上的野外生存训练，出发前，战士们身上只带有少量的水，为了应付后面更为艰苦的行程，大家都舍不得动它，于是便都不约而同地去寻找水源。终于，有人找到了几棵瓶状的仙人掌，于是用刀子将它肥厚的茎部划开，用手做容器，将略显苦涩的仙人掌液来润湿嘴唇。

就在这个时候，突然响起一阵"沙沙沙"的声音，卡努举起望远镜一看，发现远处一团滚动的黄色烟尘正如汹涌的海浪，朝这边猛扑过来，他大叫一声："不好，沙尘暴！"

沙尘暴素有"沙漠杀手"的恶名，眼前这突如其来的一幕，让士兵们感到异常恐慌，上尉马上命令道："大家不要惊慌，紧闭嘴唇，站到一起，切莫被沙尘暴吹散！"可是此时，惊惶的士兵们已经吓得纷纷四下逃窜，场面陷入一片混乱。卡努也猛然感到身子被一股强大的气流推着不停地朝前翻腾，口鼻被密不透风的沙子塞满，呼吸变得越来越困难，很快就失去了知觉……

不知过了多长时间，卡努醒过来了，他忍着刺痛，艰难地睁开眼睛，一看，发现四周围一片沉寂，天空已经有了亮色，他知道，沙尘暴过去了。

卡努想活动一下腿脚，这时候却猛地发现自己大半个身子已经被埋进了沙里。求生的本能促使他开始不停地刨沙，可两只手毕竟不是铁铲,很快就刨出了血泡,但他顾不得这些了,只是拼命地刨啊刨⋯⋯

十几分钟后,卡努终于从沙堆里爬出来了,他想尽快返回驻地,可浑身上下一摸,发现随身携带的定位仪电路板坏了,信号全无。茫茫沙漠之中,失去电路板这个导航装置,就等同于成了瞎子,卡努脑子里"嗡"地一声:这下自己死定了。

万般无奈之下,卡努漫无目的地翻过一个沙堡,突然发现不远处躺着一个人,走过去一瞧,他惊讶万分。原来,这人居然是迪乌夫。此刻迪乌夫已处于昏迷状态,左腿上有个伤口,正不断涌出血来。真奇怪,迪乌夫的腿怎么会受伤的呢?卡努愣了片刻,虽有疑惑,但也顾不上多想,就准备给他包扎伤口。

可这时候,一个奇怪的想法拽住了卡努的双腿:看样子迪乌夫伤得不轻,如果不救他,这沙漠十有八九就成了他的葬身之地。没有了竞争对手,那自己岂不就可以顺理成章地留在部队?

想到此,卡努便狠下心来,他从迪乌夫身上找出定位仪,在确认其完好无损后,将自己那个坏了电路板的定位仪换了上去,然后抬脚就要离去。可谁想就在这时候,迪乌夫突然苏醒过来,看到卡努,他的眼中透出了惊喜:"好兄弟,我以为自己这回死定了,幸好你来了!"

卡努脸上笑着,心里却好不懊悔:自己为什么不早点离开?现在没办法了,只有带着迪乌夫一起走。他挤出笑容对迪乌夫说:"你什么也别说了,咱们得尽快离开这里。"说着,便搀起迪乌夫,踉跄着向前走去。

可是,他们每向前走一步,卡努心里就是一阵刺痛:自己这是在自毁前程啊! 走着走着,卡努突然发现不远处跑过一只胡狼,他心里不由一动,一个摆脱迪乌夫的妙计涌上了心头。

他停住脚步,对迪乌夫说:"咱们进沙漠都快一天了,我又渴又饿,你呢?"

迪乌夫也点点头。

卡努说："那这样吧,你在这儿等着,我发现那边有只胡狼,我去把它抓来,咱们想办法搞熟了吃,好补充些体力。"说着,他就拎起佩枪大步跑了过去。

跑出大约几百米,正好有个沙丘能挡住身后迪乌夫的视线,卡努于是停住了脚步,心里默念了句:"兄弟,对不住了!"随后,就改变了行走路线,在定位仪的指引下,朝着军营驻扎的方向走去。为了以防迪乌夫跟过来,卡努一边走,一边还特意抹去了身后的脚印。

第二天清晨,卡努终于走到了当初部队出发的地方,这里早聚集了一大群死里逃生的士兵。上尉清点了一下人数,除了迪乌夫,其他人都到齐了,考虑到士兵们都已筋疲力尽,上尉决定先将他们带回,然后让总部立刻派空中搜查队来搜救迪乌夫。

卡努心里默默推算:按迪乌夫的伤势,如果直升机当天不能找到他的话,那他就绝无生还的希望。为了做到万无一失,他没有将自己抛下迪乌夫时的方位告诉任何人。

果然,当天晚上,上尉沉痛地告诉大家,空中搜救失败,迪乌夫没有找到。士兵们不约而同地摘下军帽,为离去的迪乌夫默哀三分钟。卡努脸上的表情显得犹为痛苦,但他内心深处却是一浪高过一浪的狂喜:自己留在部队的愿望,终于可以实现了!

可是,卡努并没能高兴得太久,第二天晚上,匪夷所思的事情发生了:浑身是血的迪乌夫,居然一瘸一拐地返回了驻地。在士兵们一片欢呼声中,卡努脸上的笑容凝固了。后来毫无疑问,各方面都强于卡努的迪乌夫最终留在了部队,而卡努却不得不离开军营……

许多年过去了,回到德罗巴的卡努已成了多个孩子的父亲,为了填饱一家人的肚子,他不得不没日没夜地干活,过着朝不保夕的生活。

这天，一个肩扛将星的军人走进了卡努的家，卡努揉揉浑浊的老眼一看，此人居然是迪乌夫。看着卡努眼前这个破败的家，迪乌夫不禁长叹了口气，不无伤感地说："卡努，如果一切可以重来，也许我现在的这个军衔就是你的了……"

迪乌夫一直视卡努为亲兄弟，所以当要和卡努竞争一个留队名额时，他心里很痛苦，最终决定将名额让给卡努。可是迪乌夫出生军人世家，如果主动退伍，怎么向家人交差？

迪乌夫正左右为难时，沙漠拉练给他提供了机会。沙尘暴过后，迪乌夫醒过来，发现了离自己不远的卡努，而且确定他并无大碍时，迪乌夫想到了一个办法：用刀将自己的一条腿割伤，等卡努醒过来后，让他将自己救出沙漠。这样的话，卡努就是自己的救命恩人，就该留在部队，而自己回家也就顺理成章了。当然，迪乌夫这是在拿自己的生命做赌注，但是他相信卡努。

后来，卡努说去追胡狼，好半天也没回来，迪乌夫只好顺着脚印一瘸一拐地去看个究竟。可是，当他转过沙丘，发现脚印突然消失了，这才明白卡努的"良苦用心"，他心里真是好不伤心，只好跟着胡狼留下的爪印走。他知道，胡狼喜欢在临水的地方做窝，只要能找到水源，就还有活下去的希望，于是便顺着胡狼的爪印一路跟过去。让他大喜过望的是，胡狼的窝居然是在一条将要干涸的小河边，他就是顺着这条小河走出沙漠的。

"我用生命做赌注，是因为我相信你。可没想到，你却丢下了我……"迪乌夫深深地叹了口气，给卡努留下一沓钱和食品，然后就头也不回地走了。

卡努呆呆地愣在那儿，整个人就像是一具被掏空了灵魂的躯壳。饿极了的孩子们见父亲迟迟没有反应，终于失去了耐心，朝迪乌夫留下的食物扑了过去……

（曲育乐）

（题图：安玉民）

肝 胆 相 照

真正的友谊,不是呼朋引伴,也不是花言巧语,却是披肝沥胆的畅谈和千金不换的承诺。

真正的朋友

　　徽州城的永康医馆，有个郎中叫李照，医人无数，技术高超。晚年时候，他收了两个徒弟，一个叫马析然，另一个叫许天方。

　　这两个徒弟虽然年纪相仿，但悟性不一。马析然聪明机灵，又能举一反三，学了没两年已经能单独出诊了；可许天方似乎不是学医的料，都大半年过去了，却连"汤头歌"也背得磕磕巴巴。

　　这天夜深人静时，突然有人使劲叩医馆的门环，许天方爬起来开门一看，原来是城东郭家的管家。

　　只见郭管家一脸焦急地问："李郎中在吗？快快快，我家主人有请。"他告诉许天方说，郭家小姐白天还是好好的，没想到晚饭还没吃完，就突然大叫一声昏厥过去，怎么也唤不醒。

　　许天方一听，为难道："可我师傅正在休息，这……"

这时候,马析然听见动静走了出来,对郭管家说:"我师傅年事已高,我随你走一趟,如何?"

马析然是李郎中的高足,郭管家是知道的,所以就点了点头。许天方看情势危急,便自告奋勇也一同前往。

两人随郭管家来到郭家,此时郭家小姐已是进的气少、出的气多了,郭老爷夫妇见来的是李郎中的徒弟,也顾不上了,忙对马析然说:"马郎中,快请看看吧,我家小女这是怎么了?"

马析然一番望闻问切之后,紧皱眉头道:"奇怪,怎么不见半点病症?"他再次察看小姐脸色,突然眼前一亮,将手指放在小姐咽喉处用力一按,笑道,"原来如此!"

只听见"咯"的一声,一块带着血丝的肉骨头从小姐嘴里吐出来,小姐长长地吐了口气,忽悠悠醒转过来……

第二天,马析然的名声就在徽州城里传开了,一时间,全城人都知道马析然的医术非同小可,以后有疑难杂症,都不远千里来找他求治。郭家小姐对马析然也佩服之至,不久就嫁给了他。

俗话说:月有阴晴圆缺,人有旦夕祸福。几个月后,平时身体还挺硬朗的李郎中,突然一病不起了,无论使什么方子都没有效果。这天,躺在床上奄奄一息的李郎中让许天方把家里上上下下一大家子的人都叫来,说有话要交代。

眼见得人都来齐了,李郎中强打起精神说:"看来我是熬不过今天了。想我平生治好了无数人,却没办法治好我自己,怕只怕我这一走,医馆从此就会没落。家有千口,主事一人……"

李郎中说到这儿,大家不由自主地都把眼光齐齐聚到了马析然身上,李郎中自己没有子女,继承医馆的应该就是他了。

马析然一阵激动,拉着李郎中的手正要说感激的话,不料李郎中却道:"我立许天方为主事人,你们大家以后一定要听他的……"话没说完,就两脚一蹬走了。

在场的众人几乎不敢相信自己的耳朵:师傅别是说错了吧?

许天方医术平平,医馆今后怎么可能让他来主事? 但师傅的话就是圣旨,不听也得听啊。

常言道:县官不如现管。处理完师傅的后事,许天方居然真就以主事的身份管起医馆来,他发布的第一个决定,就是叫人将临街的一排房子拆了,改做店铺。

那排房子原本是李郎中的住室,如今师傅尸骨未寒,许天方就要把它拆掉,大家一听肺都气炸了。马析然更是火气冲天,质问许天方道:"你这是什么意思? 难道我们缺钱用吗? 你有没有想过,你这么做,别人会怎么看我们?"

许天方却丝毫不为所动:"如今我是主事,师傅让你们听我的话,难道你忘了?"

马析然不服气:"可你这样做,对得起师傅吗?"

"哈哈,"许天方得意地笑道,"我明白了,师傅没有把医馆传给你,你是为此而耿耿于怀吧? 实话告诉你,师傅他早就知道你跟郭家小姐的秘密了。"

"什么?"马析然头"嗡"的一声,身子晃了晃,差点儿倒下来。

说起和郭家小姐的婚事,其实马析然也是被逼无奈。在徽州城,李郎中名气太响,大家眼里只有师傅一个,他马析然虽然也是英雄,却没有半点用武之地,因此心里很是郁闷。一次,他随师傅去郭家看病,结识了郭小姐,两人竟一见钟情,为了成全心上人,郭小姐故意为自己设计了一出"苦肉计"。可当时谁也没想到,天资愚钝的许天方那晚跟着马析然出诊时,竟无意中发现了那块骨头的蹊跷,便趁人没注意把它拿了回来,一查,发现那上面的血不是人血,就追问马析然。马析然一来迫于无奈,二来也把他当作好朋友,于是就以实情相告。当时许天方还对天发誓,说要替朋友死守秘密,没想最后还是把这事儿告诉了师傅。

马析然得知事情真相,顿时气得七窍生烟,扑上去朝着许天方就是一顿拳脚相加,把他打得鼻青脸肿。这下,马析然闯了大祸,许天方去官府告他,马析然自然彻底输了官司,赔了银子不说,只好心灰意冷地带着妻子离开徽州城。

数月过去,马析然夫妻身上盘缠渐已耗尽,却仍然没找到个落脚点,无奈之下,马析然只好做了个江湖郎中,走街串巷看病卖药,以此糊口。

这天,马析然来到新州界面上,走过一户富贵人家门口,正好一个人从里面出来,看到他扛着"包治百病"的招牌,忙招呼道:"这位郎中,我内人的病你能看吗?"

马析然随此人进入府中,只见女人躺在床上,脸色惨白,毫无血色,马析然使出浑身解数替她诊治,最后笑道:"不难,不难。"因为他看出,这女人得的不过是普通风寒,只因为平时身子骨太弱,才染病在床。马析然开出方子让府里的仆人去抓药,只一帖药下去,女人就回过神来了。主人大喜,一下就拿出百两银子,要谢马析然。

马析然只收了几两银子,主人见马析然不是贪财之人,就与他聊起来,得知他的处境后很是同情,便道:"不如由我牵头开个医馆,你来坐诊,也好让你的医术造福一方百姓。"马析然自然点头。

这个主人姓刘,是新州一个有头有脸的员外,由他出面,医馆很快就开出来了。由于马析然有真本事,医馆的生意很是兴旺。几年后刘员外去世,马析然动了回家的念头,便把医馆交给徒弟,自己回了徽州。

可谁想到徽州以后,他去以前师傅的永康医馆一看,大吃一惊。原来医馆此时已是门可罗雀,全靠那一排店铺维持生计。眼见当初师傅声名显赫的医馆如今竟毁于一旦,马析然心里真是气不打一处来,他找到许天方,开口便说要买下医馆。

许天方乐呵呵道:"我知道你回来就是想得到医馆,我正好也不想当这主事了,就这破样儿还卖个啥? 你想要,拿去好了。"

就这样,马析然当上了永康医馆的主人,昔日在医馆里打杂的那些人听说马析然回来主事,都纷纷来投奔他。在马析然的苦心经营下,没多久,永康医馆又红火起来。

却说许天方,他可不像马析然还有一技之长,离开永康医馆后,日子过得很艰难。马析然妻子郭氏为人善良,时常瞒着马析然周济许天方。这天,郭氏又给许天方一百两银子,许天方吃惊地问:"嫂子,你给我这么多银子,师兄知道吗?"

郭氏道:"这是我偷着拿出来给你的,你就用它去做点小生意吧!"

"不不不,"许天方不好意思地推辞道,"嫂子,我已经受了你很多帮助了,如果师兄知道,不定会怎么想呢!"

郭氏摇摇头说:"别担心。你们过去是好朋友,如今你落难了,他不帮你谁帮你?"

推辞不下,许天方只好将这一百两银子收下。他感激地对郭氏道:"嫂子,言不尽意,来日我再来报答你。"

许天方真就用这一百两银子做起生意来。也是时来运转,几年间,这一百两银子竟滚雪球似的翻了好几倍,他成了徽州城里有名的大富翁。

这天,许天方上街,无意中跟马析然撞了个满怀,两人互相看了好一会儿,突然都开心地笑起来。马析然拉着许天方的手说:"走,到我那里去坐坐。"郭氏见他们重归于好,高兴地赶紧吩咐杀鸡宰羊,摆酒庆祝。

几杯酒下肚,许天方从怀里掏出一百两银子,对郭氏说:"嫂子,这几年我一直把银子带在身上,就是等机会还给你。"他又对马析然说:"你别怪罪嫂子,如果不是嫂子,哪有我许某今日?"

郭氏听许天方这么对马析然说,立刻"呵呵"笑出了声:"我的傻兄弟,要不是你师兄的主意,我能把这么多银子拿出来给你吗?"原来当年马析然看许天方日子过得惨淡,对他又恨又怜,有心要帮他一把,自己又不好出面,于是就让妻子时常去周济他。

许天方感动得说不出话来,握着马析然的手泪水涟涟的,兄弟俩喝了个一醉方休

等马析然醒来,许天方已经走了,留下一封信。马析然一看那字迹,猛地怔住了:是再熟悉不过的师傅的字迹。

这是怎么回事?他心里一震,忙打开看。

师傅在信上这么写着:

析然贤徒:

你心里一定痛恨天方。但我要告诉你,他是你最好的朋友。

你肯定会记得那块血骨头的事。告诉你,天方带回那块血骨头,只是想帮你证明,你有很好的医术,但我却看出骨头上染的不是人血,联想到你近期之表现,就不难猜出你的用意了。析然,你很有天资,但为了成名,连师傅也骗,未免太不诚实。学医之人,首先要学的就是做人,如果我现在就把医馆交给你,只怕害了医馆,也害了你自己。

我把难处对天方讲了,他虽然不是学医的料,但脑子并不笨。他帮我设计了这个计划,将你逼到外面去历练一番,然后在你最困难的时候请人出手帮你,最后回医馆正式主事。这个计划的最大牺牲者是天方,但愿你看了师傅这封信后,能体谅他对你的一番兄弟苦心……

马析然看到这里惊呆了,叫声"我的好兄弟",一头冲出了门外……

(吴宏庆)

(题图:黄全昌)

第二次进山

上个月,邵老汉和他的老伙计于万财一起进山寻参。九天后,邵老汉带着一支大山参出了山,而于万财却没见回来。

于万财是二狗子的爹,二狗子从小就没了娘,是于万财一手把他拉扯大的。二狗子断定,一定是邵老汉见参起意害死了爹,他手里那支大山参一定是爹先发现的。二狗子发誓,一定要替爹报仇。

二狗子正要寻机会找邵老汉算账,机会说来就来了!原来,邵老汉出山的第二天就又要进山去,二狗子连忙拿了几块饼子装进口袋,悄悄跟了上去。二狗子曾经听爹说起过,邵老汉有个习惯,哪怕在山里睡觉,也一定要脱鞋脱袜。他打算等邵老汉晚上睡觉时,把他的鞋袜偷走,让他光着脚没法从深山老林里走出来。

　　但是，二狗子的如意算盘没能打成，邵老汉精着哩，连睡觉都提着神。反倒是二狗子自己在山里走得满脚都是血泡，他只好拼命给自己打气："你不能倒下，你不能对不起爹！"

　　这天傍黑，邵老汉早早地就找了块干燥地方歇下来，大概是上了年纪，走得挺累了。只见他把随身带来的麻绳床绑在四棵柞树之间，一个翻身就躺了上去，不一会儿呼噜声就打得山响。二狗子悄悄过去一看，发现邵老汉将鞋袜脱在一边，他心里一乐，拿起就走。

　　等邵老汉发现鞋袜不见，已经是第二天大天亮了，邵老汉立刻意识到这是有人想害自己。为什么呢？他的鞋袜是和身上解下来的干粮袋放在一起的，要是畜生，怎么会不叼吃的而光叼走他的鞋袜呢？

　　那么，害自己的这个人会是谁呢？邵老汉立刻就想到了二狗子。自打出山以后，那孩子见了邵老汉就瞪眼，再怎么跟他解释他爹的事跟自己无关，也不顶用。

　　其实，邵老汉所以急着进山，就是想再去找于万财的。那天和于万财在冈梁下分手，约好三天后碰头的，没想就此不见了踪影，邵老汉还以为于万财是等不及自己径自出了山，直到出山后才知他根本就没有消息。邵老汉着急啊，多年的老伙计，不能就这么不明不白走了啊，所以他也无心歇歇，发誓一定要进山找到他。可现在于万财还没找到，他儿子却跟着进了山，万一再有个闪失怎么办？

　　一想到这里，邵老汉立刻就跳下麻绳床，脱下身上的外裤，把它撕成两半，绑在自己的两只脚上，充当袜子，然后收拾收拾就赶紧往回走。他心想：得先把二狗子喊住，别再出什么事了。

　　可是才走出几步，邵老汉就知道二狗子拿走他鞋袜的厉害了。为什么？裤子扎在脚上不顶用啊，走起来一步一个钻心疼，半天走下来，两只脚肿得比馒头还大，邵老汉气得一屁股在地上坐了下来。

就在这时,邵老汉突然发现离他不远的地方有一只狼,被猎户下的套子夹住了腿。那狼大概也看到了邵老汉,于是就拼命咬自己的腿,不大的工夫就把腿咬断,然后一瘸一瘸地逃走了。邵老汉心里一震:难道我连这个哑巴畜生都不如? 他"腾"地站起来,两只脚使劲踩地,大步流星地朝来路走去。

走着走着,邵老汉发现前面有个坑,走近了一看,这两人多深的坑里有个黑乎乎的东西,怎么看怎么像人。邵老汉心里一个激灵:这人会不会是于万财? 他麻溜地解开麻绳床,一头结在坑边的树上,自己拎着另一头就下去了。可下到坑底一看,他怔住了:这人竟是二狗子,昏睡着,嘴唇干得裂开了一道道口子。

邵老汉看着二狗子真是又可怜又生气,摇醒了他骂道:"你这个狗杂种,你就在这里等死吧!"他一边骂,一边就把二狗子脚上的鞋扒下来,套在自己脚上,然后拽着绳子爬上了坑口。

看着邵老汉消失了的身影,二狗子恍恍惚惚中忽然感到自己的身子像是飘了起来,又猛地跌了下去。他猜想自己没多少时候活头了,小时候听爹说,人到临死的时候都会有这样的感觉……唉,谁让自己自不量力,去跟邵老汉较量呢? 可是朦朦胧胧的,他又觉得好像有人在叫自己,使劲儿睁开眼睛一看,竟是邵老汉,正蹲在他跟前,手里端着刚才从他脚上扒下的那两只鞋,鞋壳里装着满满登登的水。

邵老汉让二狗子把鞋壳里的水喝光,又给他吃了一块干饼。立刻,二狗子觉得身上来了力气,他趔趔趄趄地站起来,把鞋子套在脚上,对邵老汉说:"大伯,谢谢你救了我,不好意思,我已经把你的鞋丢在坑那边了,我这就去帮你找回来。"说着,他突然好像浑身长了力气,拽着绳子就上了坑口。

邵老汉此时还没回过神来,却见二狗子在坑口一边往上拽绳子,一边朝他喊着:"大伯,你就在这里好好等着吧,用不了几天,你就会见到我爹的。"

"什么？你这小子！"邵老汉怎么也想不到二狗子对自己会这么不仁不义。唉,这辈子是注定要背上夺爹害他爹命的黑锅了,自己只能在这儿等死啦。

可就在这时,二狗子突然大叫一声"妈呀",拽着绳子慌慌张张"吱溜"下来。邵老汉抬头一看,原来坑口上蹲着一只狼。

邵老汉狠狠瞪着二狗子说:"狗杂种,为爹报仇,你是条汉子。可你不讲仁义,就连条狗都不如。快,把裤子脱下来。"

"干什么？"二狗子不解。

邵老汉朝他吼道:"叫你脱你就脱,少废话。"

邵老汉不等二狗子动手,三下两下就扒了他外面的裤子,把它裹上石块,掏出打火机,点着火,猛一下朝坑口扔了上去。果然,那狼见火就"呼"一下逃没了影。

邵老汉带着二狗子爬上坑口,可没想那狼竟坐在不远处等着他们。二狗子吓得朝邵老汉身后躲,邵老汉说:"狗儿,别怕,只要咱俩背靠背站着别动,它就拿咱没办法。"

二狗子嘴上不说,心里却嘀咕开了:你别唬我,你知道跑不过我,就拿这话来骗我。什么"狗儿",你刚才不是还骂我"狗杂种"吗？哼,想跟我套近乎？没门。二狗子于是撒开腿就跑,邵老汉一愣神的工夫,那狼"嗖"地一下就朝二狗子追去。

二狗子开始几步跑得还挺顺溜,可当他发现狼在追他的时候,他的腿就不听使唤了,那狼一下就扑了上去,一口咬住二狗子的脖子。邵老汉这时候也顾不得自己光着脚了,一边奔过去,一边将自己的上衣脱下来,用打火机点着,狠命朝狼撩去。狼看见火光,只得恋恋不舍地丢下二狗子跑了。

等二狗子再次醒过来的时候,他发现他躺在邵老汉的怀里。突然间,他感觉自己就像小时候躺在爹的怀里一样,他看着邵老汉慈祥的脸,不由问道:"大伯,你明知道我要替我爹报仇,为什么还要救我呢?"

邵老汉叹了口气,说:"狗儿,你知道大伯这次为什么要进山来吗? 大伯就是来找你爹的。大伯和你爹做了这么多年的伙计,我怎么能让他这么不明不白地就没了踪影呢? 大伯心里难受哇!"

"大伯,我错怪你了!"二狗子忍不住哭起来,他从邵老汉怀里挣脱出来,要脱下自己脚上的鞋给邵老汉穿。

邵老汉一把挡住他说:"狗儿,别这样,我的脚比你管用得多。咱们还是抓紧时间再找找,说不定你爹也掉进哪个坑里了呢。"

一老一小于是互相搀扶着,继续寻找起来。

找啊找啊,翻过一道冈梁,爬上一面阳坡,就在长着一丛丛山野菜的地边,他们几乎是同时看到那里趴着一个人,正是于万财。于万财身上的干粮袋已经空了,手上正握着一把山野菜。

"爹!"二狗子大叫一声,冲了上去。

邵老汉轻轻地把于万财抱起来,于万财慢慢睁开眼睛,看到二狗子和邵老汉,眼泪就流了下来:"大哥,我不行了。狗儿,爹对不住你,那天爹去医院检查,才知生了癌……爹想给你留支山参,以后好换钱娶媳妇,可谁知爹好久不进山,和你大伯分手后就走迷了路,又不见半个参影……"

邵老汉一把抓住于万财的手,说:"老伙计,你放心,只要有我在,决不会让狗儿这辈子吱溜打光棍。走,我背你回家,你不能死,你得看着狗儿成家。"

邵老汉说完,就"嘿哟"一声硬是把于万财背上了身,一步一步朝前走,血从他脚底渗出来,留下一路血印。

在邵老汉身后,是二狗子的声声呼唤:"大伯——爹!"

(白 琅)

(题图:杨宏富)

血染的灵芝草

　　二月十四日是情人节,碰巧又是赵灵芝二十二岁的生日。一大早,赵灵芝打电话给她的男朋友志强,志强马上就在电话那一头祝赵灵芝生日快乐,还情切切地对赵灵芝说:"灵芝,你听着,明年我就大学毕业了,明年生日,我一定要和你一起过。"

　　赵灵芝听了心里可开心了,细声软语地说:"那我就等着明年的这一天啦! 对了,你身边钱够花不?"

　　志强赶紧说:"够了够了,你别经常去厂里加班,千万不能为了我把身体累垮。"

　　赵灵芝眼窝一热:"志强,有你这句话,再苦再累我都愿意。"她恋恋不舍地放下电话,想了想,决定去商场给自己买件生日礼物,犒劳犒劳自己。

来到商场门口,远远地,赵灵芝看见那里围了一圈人,她好奇地挤进去一看,只见有一对父女跪在那里,女儿只有十岁左右,枯黄的头发,脸上挂着泪痕,两只细细的手将一张纸举在胸前,纸上面是一个个稚嫩的笔迹:请叔叔阿姨帮帮忙,我家房子倒了,娘被砸瘫了,爹也瘸了,我想上学,可是没钱……

原来这对父女是讨钱的,可周围人只是围观,没有一个掏口袋。赵灵芝心里也有些怀疑:眼下这种事儿,也不知道是真是假,这两人会不会是在玩骗钱的把戏?她抬脚想走。可是就在转身的刹那,眼光扫过小姑娘放在地上的那几张奖状,突然发现奖状上写着"奖给张灵芝同学",她心里一动:这小姑娘也叫灵芝?

赵灵芝不由蹲下身,拿起奖状来看。跪着的汉子立刻抬起头来,满怀希望地看着赵灵芝,祈求说:"好心人,帮帮俺闺女吧,她可会念书哩,学校里回回考试总是第一,年年是三好学生。"

赵灵芝一听,转眼问小姑娘:"你叫张灵芝?上几年级了?"

"三年级。"小姑娘扑闪着大眼睛,怯怯地看着赵灵芝。赵灵芝从这双清澈的眼睛里,仿佛看到了童年的自己:因为家里穷,初中毕业后虽然考取了重点高中,却不得不辍学,跟着同乡进城打工,在饭店里洗盘子刷碗。志强就是那年暑假在饭店打工时认识的,都是穷学生,所以两个人一直有说不完的知心话……

一想到这些,赵灵芝的眼眶就热热的,当年自己哭着喊着要上学的情景历历在目,她心里猛地升起一股冲动:帮帮这个跟自己一样名字的小姑娘,这不就是送给自己最好的生日礼物吗?

赵灵芝立刻从包里拿出本来准备给自己买生日礼物的五百元钱,递给汉子,说:"这是给你闺女上学用的,你赶快领着她回家吧!"

围观的人群里顿时发出一片惊叹声。

汉子又惊又喜,看着赵灵芝递来的钱竟愣了神,好一会儿才敢来接。当他实实在在地把钱拿在手里了,这才相信是真的碰上好心人了,欢喜得咧着嘴巴不知说啥好。他赶紧推小姑娘一把:"闺女,快给恩人磕头。"说着,他自己先"砰砰砰"地朝赵灵芝磕起头来。

赵灵芝羞得脸都红了,赶紧伸手拦住说:"别别别,男儿膝下有黄金,大男人可不能随便给人下跪。"

那汉子被赵灵芝一说,羞惭地垂下了头。赵灵芝立刻意识到自己把话说重了,想一想,不到万不得已,谁肯这么卑躬屈膝呀?她从汉子身上仿佛又看到了自己父亲当年的身影。

赵灵芝不由深深叹了口气,她拉起小姑娘,为她拍干净膝上的土,说:"记住姐姐的话,回去好好读书,将来做个有出息的人。"

小姑娘感激地看着赵灵芝,乖巧地直点头,说:"谢谢姐姐,我将来一定要像姐姐一样,做有出息的人。"

谁知赵灵芝听小姑娘这么说,心中却是猛地一颤,脸也涨得通红:"你可千万别像姐姐。"

小姑娘天真地问:"为什么?"

赵灵芝的脸顿时变了色:"姐姐……姐姐没出息。"说罢,她摸摸小姑娘的头,就转身走了。

赵灵芝走出没多远,忽听汉子在身后喊她:"等一等,好心人!"她停下脚步回头看,只见汉子一瘸一拐地追上来,对她说:"恩人,留个地址吧,以后我们好还……"

赵灵芝朝他摆摆手:"不不不,只要能让你闺女继续读书就行。"说完,就头也不回地走了。

汉子一时愣怔着,冲着赵灵芝的背影直发呆。这时候小姑娘跑过来了,机灵地对汉子说:"爹,你放心,我偷偷跟着姐姐,看她住在哪里,我们就知道她的地址啦。"

半个月后,这天,赵灵芝突然收到一封来信,她觉得很奇怪,因为这里是她的临时租房,地址从来没有告诉过任何人,会是谁寄来的呢?她怀疑是投递员搞错了,可信封上的地址写得清清楚楚,收信人一栏写着"恩人收",再往下看,这信是从江城市凤凰镇山洼村小学寄来的。"恩人?谁是恩人呢?"信封上稚嫩的笔迹,让赵灵芝突然想起了那天在商场门口遇到的父女,她赶紧拆开信,先看落款,果然署名"灵芝",是那个小姑娘写来的。

小姑娘在信中写道:好心的姐姐,我终于能够上学了,重新回到了同学们中间,你是我的大恩人,也是我们家的大恩人,我娘天天念叨你……

赵灵芝还从来没有被人这么夸过呢,看完信心里挺兴奋,又挺好奇:小姑娘怎么会知道我住在这儿的呢?她找来纸笔,立即给小姑娘回信,让她好好学习,珍惜来之不易的机会,将来考上大学,报答父母。信的末尾,赵灵芝还对小姑娘说:姐姐小时候因为家里穷,没读过多少书,所以现在生活得很痛苦。将来你千万不要走姐姐这条路。署名自然是"赵灵芝"。

信寄出不久,她就收到了小姑娘的回信:姐姐,原来你也叫灵芝呀?那你就是大灵芝,我是小灵芝。我娘说,灵芝是我们大山里最珍贵、最美丽、最吉祥的草,能治百病呢。你在信上说你生活得很痛苦,是生病了吗?要是我爹的腿没瘸就好了,他就能到鹰嘴崖上去为你采来真正的灵芝,包管能治你的病……

赵灵芝见小姑娘因为自己的一句话竟为自己担起心来,心里非常感动,于是就又提笔给她回信,说:姐姐没病,姐姐的痛苦并不是肉体上的痛苦。你还小,长大了就会明白的。

就这么一来二去的,一大一小两个灵芝开始通起信来。渐渐地,给小灵芝写信成了赵灵芝生活中一件快乐的事情,远方的小姑娘成了她心中的一份牵挂。

转眼到了年底,小灵芝写信来向赵灵芝汇报她的学习成绩,又是全班第一。不过,小灵芝在信的最后写道:姐姐,明年不知还能不能上学了，因为我们的老师受不了山里的苦，决定明年不教我们了，那样的话，我们就得到二十多里外的镇上小学去念书，没有时间帮家里干活了。我和许多同学都说，如果那样的话，我们就不读书了。姐姐，你要是老师该多好呀，你一定会来教我们的。

不知怎么，赵灵芝看完这封信后，心一直放不下来，一直在想小灵芝和她同学们没有书念的事。赵灵芝也是从大山里出来的，知道山区教育的艰难，整个春节，她都在为这事担心，直到过完年，小灵芝又给她来信，说来了新老师，她的心才安定下来。

不过，小灵芝心里还是很担忧，她在信上说：也不知这位新老师能教我们多长时间，如果她再走了，我们怎么办呢？姐姐，将来我一定要考师范学校，毕业后回来教书，那时候我们这里就再也不会缺老师了。赵灵芝的心被小姑娘这番志向深深震撼了：多好的小姑娘呀，如果我能教书就好了。

故事说到这里，大家一定要问：赵灵芝既然是一个这么有爱心的人，为什么却不要小灵芝学她的样呢？她到底是干什么工作的呢？原来，赵灵芝在酒吧里做"小姐"，而且这事儿她还瞒着志强，志强一直以为她在工厂上班，而赵灵芝所以这么做，她就是想拼命赚更多的钱来供贫穷的志强把大学念完。现在志强还有半年就要大学毕业了，赵灵芝手里已经有了一定的积蓄，志强毕业之前的学费已经完全没有问题了，所以赵灵芝决定金盆洗手。

可是接下来自己到底干什么呢？本来赵灵芝正在考虑这个问题，现在看了小灵芝的来信，她心里突然萌生了一个念头：去读业余大学，当老师这张文凭是少不了的。这其实也是赵灵芝心中埋藏了很久的渴望，而且将来和志强结婚有了孩子，对孩子教育也有帮助呀。于是，在交了一笔不菲的费用后，江城师范学校成人教育部就多了一个叫赵灵芝的学生。

转眼到了这一年的夏天,志强终于从学校毕业回来了。可是,让赵灵芝万万没有想到的是,他回来的时候,居然身边还带着一个姑娘。志强对赵灵芝说,这是他的女朋友,他们俩已经找到了工作,并且马上就要结婚了。

赵灵芝简直不敢相信自己的耳朵,想不明白事情怎么会变成了这样的结果。可是志强却对她说得非常明白:"我非常感谢你这些年对我的帮助,可我不能娶一个做过婊子的人做我的妻子。"

志强口中这"婊子"两字,就像千钧重拳击在赵灵芝的心上。赵灵芝不知道志强是怎么知道真相的,她哭着对志强说:"可是……可是我是为了你才去做的呀,要不,我哪来那么多钱供你上大学……"

可是志强没让赵灵芝把话说完,拉起女友扭头就走。临走时,志强的女友从包里掏出一捆钱甩在桌上,瞥一眼赵灵芝,嘴里嘀咕道:"哼,也不看看自己是什么东西!"

赵灵芝闻言顿时两眼一黑,晕倒在地上。她醒来时,外面天已经黑了,赵灵芝满耳都是志强说她的"婊子"那两个字,她哭着又给志强打电话。等了好久,对方传来的却是那个姑娘冷冰冰的声音:"我们已经补偿你损失了,你还想干什么?"

赵灵芝泪如雨下:"我的损失你们能补偿得了吗?你叫志强来听电话。"

可是对方却狠狠地说:"你趁早死了这条心吧,他不想和你说话,他也从来没有爱过你,我们已经谈了三年恋爱了。我现在警告你,以后你要是再敢来纠缠他,我可对你不客气。哼,我们家在江城可不是好惹的!"

可是,不管对方怎么说,灵芝却在电话里一遍遍地哀求她:"求你让志强来接电话吧,他就是不理我了,也总该给我一个说法吧?"

　　对方竟是一声冷笑："你是一定要让我说实话？好吧，我告诉你，志强其实早就知道你是干什么的了，他故意不说破，只不过是想利用你。"

　　这番话，犹如一把凉飕飕的尖刀，直刺赵灵芝的胸膛。赵灵芝猛地一哆嗦，浑身的血液似乎凝固了。她不知道自己活在这个世界上还有什么意思，她想到了死，想到了离开这个令她绝望的世界……

　　赵灵芝有条不紊地开始安排起了自己的后事，她把剩下的钱分成两份，一份寄给远方的爹娘，一份寄给小灵芝。她给小灵芝写了一封信，说：以后你不要再给姐姐写信了，就是写了，姐姐也不会收到，因为姐姐病了，要离开这个世界了。你以后一定要好好学习，走好脚下的路，千万别再像姐姐一样做傻事，到头来害了自己，也对不起爹娘……

　　将信和钱寄出后，赵灵芝仔仔细细地给自己洗了一个澡，换上自己进城时穿的衣服，这是娘一针一线亲手缝的，赵灵芝要穿上它干干净净地走。随后，赵灵芝将一整瓶安眠药吞进肚里，又给志强发过去一条短信：你来给我收尸吧。她平静地扔了手机，躺到床上，最后闭上了眼睛。

　　此刻，浮现在赵灵芝脑子里的，是一张张熟悉的脸：爹、娘、奶奶，还有小灵芝……"再见了，我的亲人！再见了，我的朋友！"赵灵芝留恋地看着他们，和他们一一道别。

　　也不知过了多长时间，赵灵芝突然醒过来了，发现自己正躺在医院的病床上，当她意识到自己还活在这个世界上的时候，失望极了。护士告诉赵灵芝说："灵芝，你已经昏迷五天五夜了，是一个姓刘的人把你送来的，他给你留下一笔钱和这张纸条后就走了。"

　　赵灵芝从护士手里接过纸条一看，上面是志强的笔迹：灵芝，我对不起你，我选择她是因为她能给我带来我所需要的一切。你忘了我吧，我不值得你这样做。这个世界上还有许多爱你的人，你应该为他们活着。

赵灵芝惨然一笑，心说："爱我的人？如果爹娘知道我在为你出卖自己的身体，不知道会怎么骂我。我还值得谁来爱？"

护士以为赵灵芝是因为失恋而这么做的，就劝她说："姑娘，你这么漂亮，还有什么想不开的呢？大不了从头再来嘛！其实，有些男人根本不值得你对他这么痴心。"

赵灵芝不说话，只是摇头，默默地流泪。

这时候，病房的门被推开一条缝，一个乡下汉子小心翼翼地探进头来："打听一下，灵芝住在这里吗？赵灵芝？"

赵灵芝一看汉子，不认识，便问他："你是谁？"

那汉子端详赵灵芝一会，叫起来："恩人，你真的病了呀？"边说边就一瘸一拐地走进病房来。

赵灵芝忽然想起来了，他是小灵芝的父亲呀！她努力让自己的脸上挤出笑意，问道："大叔，你怎么来了？小灵芝呢？"

汉子没有回答，从挎包里掏出一个布包，打开，里面是一个紫红色蘑菇样的东西。

赵灵芝好奇地问："这是什么？"

快嘴快舌的护士在一旁叫起来："这是野生灵芝吧？怪了，颜色怎么这么红？"

汉子点点头，对赵灵芝说："俺闺女接到你的信，知道你得了重病，急坏了，赶紧一个人偷偷进山，爬到鹰嘴崖上，为你采了这支灵芝。你快吃了它吧，吃了病就好了。"

一股暖意顿时从赵灵芝心中升起，她感动极了，万万想不到这父女俩会这么关心自己。可赵灵芝还根本不知道鹰嘴崖有多么险峻，就连一般小伙子都不敢上去，何况这么弱小的小灵芝！她连声向汉子道谢，还问汉子："我寄给小灵芝读书的钱你们收到没有？"

汉子说:"收到了,收到了。"他边说边从腰里掏出一摞钱来,"你看,全在这里呢。"他把钱递给灵芝,"还给你吧,姑娘。"

赵灵芝奇怪地问:"这是小灵芝以后上学的钱,你怎么拿回来了?"

汉子的眼圈红了,摇摇头说:"姑娘,她用不上了,她再也不能上学了。"

赵灵芝惊叫起来:"为什么?是不是老师又走了?如果老师走了,我愿意去给孩子们当老师。"

汉子突然蹲下身去,双手抱着脑袋,哽咽了好久,才告诉赵灵芝说:"俺闺女不让告诉你,为采这支灵芝,她从鹰嘴崖上滚下来,两条腿全摔断,再也站不起来了。"

如同晴天霹雳,赵灵芝惊呆了,怔在那里好半天一动不动,如木雕泥塑一般。好久好久,泪水从她脸上一颗颗滚落下来,落在她手里捧着的那支被血染过的灵芝上……

两天后,在开往小灵芝家乡的班车上,一位姑娘临窗而坐,忧郁的眼睛看着车窗外绵延的群山,嘴里喃喃道:"小灵芝,姐姐来了,姐姐会永远和你在一起。你的腿断了,姐姐就是你的腿;你没有老师,姐姐来做你的老师……"

(黄　胜)

(题图:魏忠善)

玩　狗

　　有个叫胡秋的木匠,方圆十里小有名气。

　　这天一早,胡秋赶到七里外的彭庄,给一个叫彭天祥的养牛专业户打造家具。很快,一天时间就过去了,傍晚时分,彭天祥从养牛场回来,儿子小壮壮也下了学,彭天祥于是便支起饭桌,还拿出一瓶酒,倒了满满两大杯,和胡秋对喝起来。

　　酒酣耳热之际,胡秋突然眼前一亮。为啥?他看到从门外跑进来一条狗,身高足有二尺半,四爪乌黑,浑身发白,不见一根杂毛,胡秋眼馋死了。

　　彭天祥见胡秋这么喜欢,就介绍说:"这狗是我半年前从宠物市场买来的,花了不少钱呢,我给它起了个名,叫'白狼',与狼共舞嘛。"

胡秋一听,兴奋地说:"好名字!不瞒大哥,我平时最大的嗜好就是玩狗,我家里养了一条黑狗,在我们村那是没得比的,不过今天你这条白狼可真正让我开了眼界。"

一听胡秋说爱玩狗,彭天祥来了兴致,高兴地说:"兄弟,我今天是遇上知己了!你看着,看看我把狗训练得怎么样。"

他说着,从口袋里掏出一串钥匙,随手扔到四米来高的屋顶上,对白狼说声:"上!"就见白狼"噌"地一下就蹿上二米多高的厨房,又从厨房蹿上了屋顶,转眼工夫便衔着钥匙跳下来,把它衔到彭天祥的手里。

彭天祥爱抚地拍拍白狼的脑袋,又唤了声:"关门去!"白狼便立刻跑到门那里,后爪立地,前爪推门,将两扇门弄到一块儿用嘴拴好,然后摇头摆尾地回到彭天祥身边来。

彭天祥又一声:"白狼,开门!"这白狼又一阵风似的跑到大门那里,用嘴抽开门闩,将两扇门推到两边,然后似乎很得意地看着彭天祥。

胡秋看得惊呆了,说:"大哥,你这驯狗的功夫可真神了,我今天真是大饱眼福哇!"

彭天祥听胡秋这么夸他,心里真有说不出的舒坦,他眨眨眼睛,对胡秋说:"兄弟,还有更神的,不过你看不到了。前两天,我跟你嫂子斗嘴,一上火,两人都快要打到一块儿了。嘿,这家伙居然站在我们两个中间汪汪大叫,硬是让我们交不了手,最后我俩被它逗乐了,哪再顾得上吵架?"

胡秋一听,忍不住也笑了。

吃过晚饭,彭天祥对胡秋说:"兄弟,这两天你也别回去了,就睡在这儿吧,啥时家具打好了再走。不过,这几天我牛场的小犊子正巧要出来了,我得去照看着,就顾不上陪你了,让白狼给你做伴吧!"说罢,他跨上摩托车就往养牛场去了。

胡秋躺在床上,一时睡不着觉。他想:这彭天祥也真是,家里放着个外人,看他媳妇又这么漂亮,他也不怕出事?后来又一想:嘿,我这是想哪儿去了,人家这是信得过我嘛。

半夜时分,胡秋起来小解,推开房门一看,院里亮着个昏黄的灯,白狼就伏在他房门口,一动也不动。胡秋往厕所走,白狼就摇着尾巴跟在他身后面,胡秋小解后往回走,白狼也跟着他寸步不离。

经过彭天祥媳妇住的北屋时,不知怎么,胡秋心里突然胡思乱想起来,脚就拐了北。可就在这时,只听"砰"一声,两只有力的狗爪立刻像铁钳一样抓住了胡秋的肩头,胡秋回头一看,顿时吓了个半死:白狼一改刚才温顺模样,气势汹汹地张着大嘴,舌头伸出来足有七八寸长,冒着热气贴在胡秋的脖颈上,"呼哧呼哧"直喘粗气。

胡秋赶紧把腿收回来,三步两步跑回自己房间,回头关门时,他看到白狼又像先前一样温顺地卧在房门口,一动不动了。胡秋不由倒吸一口凉气:怪不得彭天祥放心让他睡在他家里。这哪是条狗,分明是个"警察"!

五六天后,胡秋的木匠活已经做得差不多的时候,这天,白狼突然食量锐减,狂叫不止。起先彭天祥也不当回事,又过了两天,白狼已是喊叫无力、卧地不起了,胡秋赶紧建议彭天祥去请兽医来给白狼治治,彭天祥这才着了急,到兽医站去请来兽医。兽医看过之后说白狼得的是肠炎,给它打了针、灌了药,说是很快就会好的。可是两天过去了,白狼病情仍不见轻,彭天祥连养牛场也顾不上去了,守着白狼,见它骨瘦如柴、奄奄一息的样子,难过得直掉泪。

彭天祥不愿看着自己心爱的白狼就这样死去,就和胡秋商量说:"兄弟,我看这白狼是没指望了,与其看着它这么受活罪,还不如给它个痛快算了。"

胡秋的木匠活儿这天正好完工,听了彭天祥的话,想了想便说："天要下雨,娘要嫁人,这是没法子的事。不过,一样你想给它个痛快,那还不如把它给我吧,我带回去想想法子,说不定能出现奇迹。"

彭天祥一听胡秋这么说,心想:也是,胡秋爱狗如命,既然他要,我不如做个顺水人情,而且眼不见心也不烦。于是,他朝胡秋点点头说:"兄弟,那就依了你吧。你若能把它治好,说明你和它有缘,白狼今后就是你的了;不过若是治不好,你得答应我,务必找个地方把它好好埋了。"说到这里时,彭天祥的眼睛湿了。

随后,彭天祥给胡秋算了工钱,帮他把白狼绑在自行车上,送他出了门。

回家后,胡秋回绝了所有的木匠活儿,先后连请三个兽医来给白狼治病,他自己每天不分昼夜地守在白狼身边,喂药、喂水、喂食。最后,也算是应了一句老话:精诚所至,金石为开。白狼终于脱离险情,身体慢慢好起来,半个月之后,就又恢复了原来的模样。胡秋真是看在眼里、喜在心里,从此他每天笑呵呵地伺弄着一白一黑两条狗,虽说人累点儿,却是乐在其中。

日子一晃,半年过去了。这一天,胡秋没活儿干,就在家逗白狼玩,突然白狼两耳一竖,硬是从胡秋手里挣扎出来,发了疯似的跑出大门外,胡秋赶紧追出去,一直追到村外。只见那里有个外地人,拉着一辆拾荒的平板车,白狼冲上去一口咬住他的胳膊不放,外地人吓得脸色大变,使劲挣脱,落荒而逃,白狼朝他"汪汪"大叫几声,但并没有再追上去。

胡秋正感到奇怪,只见白狼跳上平板车,又是用嘴又是用脚地捣腾起来,不一会儿竟翻出一条大麻袋来,胡秋上去用手一摸,像是个人,解开一看,不禁惊呆了。你道是谁?麻袋里装着彭天祥的儿子小壮壮。

胡秋心里连连感慨:这白狼真是神了,离开彭家都半年了,依然能嗅出小主人的气味。

胡秋见小壮壮昏迷不醒,连忙把他送到村里的小诊所,医生看了后对胡秋说:"放心吧,没事儿,他被灌了迷药,过会儿就会醒过来的。"

果然如医生所言,一个小时后,小壮壮醒过来了,胡秋赶紧把孩子抱回家,又给彭天祥打电话。

彭天祥这时候正在家里为儿子失踪急得双脚跳呢,接到胡秋的电话,夫妻俩喜极而泣,赶紧备了厚礼来胡秋家。两口子见了儿子,忍不住又是一顿大哭,胡秋劝了这个劝那个,好不容易把他们劝住。彭天祥问胡秋是咋找到小壮壮的,胡秋便把白狼唤出来,把经过一五一十说了一遍。

彭天祥听完,"扑通"一声跪了下来,抱住白狼说:"白狼啊白狼,你可是我们彭家的恩人哪。"

他又回过头来对胡秋说:"兄弟,大恩不言谢,你这个朋友我交定了。你今天让我把白狼带回家,我要好好犒赏它,三天后,我一定给你送回来。"

随后,彭天祥又拉上胡秋到派出所报案,还说犯罪嫌疑人胳膊上有伤痕,是被狗咬的。警方根据这条线索,在全乡所有的诊所拉网侦察,很快便将人贩子抓获归案。

三天后,彭天祥果然把白狼送回到了胡秋手里。胡秋知道彭天祥和白狼的情感是扯不断的,所以闲时也带着白狼上他家去玩两天,时间长了,两个人处得比亲兄弟还亲。

当人们知道他俩是因为一条狗成为朋友时,又因为他俩一个姓胡,一个姓彭,便戏称他们是一对"狐朋狗友"。两个人听了不但不恼,反以此为荣。

(孙晨琳)

(**题图**:张 恢)

淘汰评比法

　　在西部高原的一座雪山上，设有解放军的一个哨所。哨所里一共才五个兵，但在部队里名气却很响，因为他们工作搞得好，年年都是先进。

　　可没想到的是，最近哨所里却出了一件事。

　　那天，因为部队要搞优秀士兵评比，除小刘正在哨位上站岗，哨长郭大柱就把其余三个战士召集起来开会。每年评比，郭大柱都犯难：自己是哨长，应该发扬风格，不评不要紧，可哨所其余四位个个都优秀，评哪一位都舍不下另外三位啊！所以今年郭大柱想出一个招，叫"淘汰评比法"，就是谁找出自己的问题最多，并被大家一致公认是事实的，谁就先淘汰出局；谁排在最后，谁就作为候选人上报。

　　按上级下达的指标,哨所只有一个优秀士兵的名额。

　　没想郭大柱把这意思一说,副哨长魏荣国就表示不同意。魏荣国说:"我提个建议,咱们复杂事情简单化。郭哨长平时担子最重,责任最大,吃苦最多,这几年我们都先后被评过优秀士兵,今年就是轮也该轮到他了。"

　　这话一出口,哨所的另外两个战士小王和小张立刻拍手叫好。

　　可郭大柱却连连摇头,说:"评优秀士兵怎么能轮着来? 我是哨长,这样的机会理应让给你们。"

　　郭大柱的态度是大家意料之中的,所以魏荣国朝小王点点头,说:"去,你到哨位上去把小刘换下来,咱们再听听他什么意见。"

　　"是!"小王立刻站起来去换哨,不一会儿就把小刘给换回来了。

　　小刘张着大口直喘粗气,郭大柱问他:"你咋喘得这么厉害?"

　　小刘说:"我一急,跑了几步。"

　　郭大柱批评说:"基本常识你怎么都忘了,高原上能跑步吗?"

　　小刘挺不好意思,"嘿嘿"笑了两声,说:"哨长,没事,你放心。"他端过一个小马扎,刚坐下想说什么,还没开口,突然就一头栽了下去。

　　郭大柱猜他一定是缺氧,一面把他扶起来,一面叫小张赶紧去拿氧气包。

　　事情就出在这个时候!

　　只见小张去了一会儿,回来结结巴巴地说:"报告哨长,氧……氧气包没有气了。"

　　"没有气了?"郭大柱大吃一惊,"怎么没有气了?"他把小刘交给魏荣国扶着,自己过去一看,果然,平时专门放储备氧气包的橱柜里,只有一只瘪瘪的空氧气包躺在那儿。

三天前,因为得知下山的道路被雪崩埋了,运送给养的汽车有可能十天半月都上不来,所以郭大柱就特意留了这个氧气包以防万一,并且把柜门钥匙交给小张保管,宣布不到万不得已谁也不许吸氧,没想居然会有人把他的话当耳旁风。一个连年先进的哨所竟然发生这样的事,这是郭大柱万万想不到的。

幸好这时候小刘缓过气来,对郭大柱说:"哨长,别怪大家,我没事的!"

郭大柱黑着脸沉默不语,好半晌,他语气沉重地对大家说:"你们都应该知道我为什么要留下这个氧气包,高原上,氧气对人来说甚至比粮食和蔬菜还重要。今天小刘缺氧是顶过来了,要是万一出点事怎么办?我们都是革命军人,应该忠诚老实,襟怀坦白,这事儿是谁干的,有种的给我站出来!"

郭大柱锐利的目光在每个人的脸上扫过,大家都把头低了下去,不敢用眼睛看他。

犯了错还不敢承认?郭大柱平时最看不起这种熊包,他当即宣布散会,把小张叫了出去:"钥匙是你保管的,你应该知道这事是谁干的。"

小张看看实在瞒不下去了,低着头喃喃道:"哨长,我对不起你,这事是……是我干的,你处分我吧!"

郭大柱真不敢相信小张怎么会干出这种事来,会不会这其中有什么隐情?他让小张把经过详细说说。

小张说:"前天上午十点钟的时候,你在哨位上,魏副哨长领着我们挖菜窖。我干了没多久就觉得气憋得慌,想吸氧,可哨所的纪律明摆在那里,我思想上斗争来斗争去,最后想想钥匙在我手里,吸上一小口没人知道,于是就借口喝水,偷偷溜进屋里去吸了一小口。"

"那剩下的氧气呢?"郭大柱不得不追问下去。

小张抓抓头皮,为难地说:"我当时很紧张,见门口有人闪了一下,就赶紧离开了屋子,结果把钥匙挂在柜门上忘了拿,等我后来再悄悄回去拿的时候,看到氧气包已经瘪了。"

问题似乎挺严重,郭大柱的脸越来越黑。他接着又找小刘谈,正好小王换哨回来,于是把小王也一起喊了来。

郭大柱说:"咱们打开天窗说亮话。小张承认氧气是他吸的,但只吸了一小口,他在屋里吸的时候,有人在门口看见了,是不是你们两个?你们进去吸过没有?"

小刘和小王都低下了头。

不过小刘倒也爽快,承认说:"我吸了。我想,小张能吸,我也就吸了。不过……我也只吸了一小口。"

小王的脸涨得通红,瞥了小刘一眼,说:"我……我也吸了,当时只想吸一点点的,没想一下子就吸完了。哨长,我错了。"

问题总算是基本上搞清楚了,郭大柱气得脸色铁青。

晚上,魏荣国下哨回来,郭大柱就把情况一股脑儿说给他听,商量这事怎么处理。

魏荣国说:"咱们是不是开个哨务会,就这件事举一反三,全面查找哨所和每个人存在的问题?"

郭大柱点点头:"好,就照你说的办,明天我们就把哨务会开了。可这次优秀士兵的评比怎么搞?现在就你一个人还符合条件,你就不要推了吧?"

谁知魏荣国却一脸沉痛地对郭大柱说:"老兄,你千万不能把我报上去,我在这件事情上是有责任的,其实他们吸氧我是看到的,却没有及时加以制止,后来也没有向你汇报。明天的哨务会上,我要带头做深刻检查啊!"

郭大柱一听魏荣国这么说,惊得半天合不拢嘴。他点着魏荣国的鼻子,好半天才喊道:"你……你这个魏荣国啊,我没想到,你也……"他一甩手说,"我们哨所一个优秀士兵也没有,今年的评比不搞了!"

魏荣国急了:"怎么一个也没有呢,不是还有你吗?"

郭大柱理也不理他。

半个月过去了。这天,哨所的电话铃声响得特别急,郭大柱拿起来一听,是山下连指导员打来的:"小郭啊,通知你两个好消息! 第一个,你今年被评上优秀士兵了!"

郭大柱愣住了:"指导员,你是不是弄错了? 我们哨所今年一个也没上报啊?"

指导员说:"是魏荣国上报的,但你不许批评他。那天我打电话,你在哨位上,是魏荣国接的,他如实向我汇报了你们哨所评选的情况,连里根据你的一贯表现,同意把你作为优秀士兵上报,现在团里已经批下来了。还有一个好消息是,团里通知你明天下山,参加报考军校的文化复习班,军校招生马上就要开始了。明天有送给养的车上山,你把工作交给魏荣国,随给养车下山报到。"

电话通知的内容一传开,大家都为郭大柱高兴。第二天,大家早早就起来了,准备欢送郭大柱下山,可就是不见他的影子。

"哨长,郭哨长!"大家在哨所里里外外喊,才见郭大柱从伙房的储藏室里晃晃悠悠地钻出来。

郭大柱喘着气说:"夜里睡不着,今天要走了,就再去挖了一会菜窖……"话才说了一半,魏荣国就发现他脸发白、嘴发青,忙命令:"快去拿氧气包!"

眨眼工夫,氧气包就递过来了。

郭大柱慢慢清醒过来,一看自己正在吸氧,连忙把吸嘴拔了,疑惑地问道:"怎么回事,这氧气包是从哪里弄来的?"

没有人说话,面对他的是一张张得意而又诡秘的笑脸。

郭大柱这才发现准是自己被蒙在了鼓里,就说:"你们不把事儿说清楚,我今天就不下山!"

魏荣国乐得拍着手哈哈大笑:"郭哨长,你别生气,今天我们可以把事情真相告诉你了。"

原来每年评优秀士兵,郭大柱都把机会让给别人。其实他参军的时候已经考上了大学,只是当年选择投笔从戎保卫祖国,现在只要给他机会去考军校,一定能考上,但考军校有一个重要条件,就是你必须获得过优秀士兵的称号,所以大家就在一起商量,这回一定要把郭大柱评上去,让他好好到军校去深造。可郭大柱的脾气大家都知道,硬来他是不肯接受的,于是就故意联手制造了这么个氧气包事件。其实,那氧气谁也没吸,是藏起来了。

事情的真相令郭大柱十分感动,给养车要下山的时候,司机几次催他,他却拥抱着一个个战友舍不得松手,泪流满面地说:"你们等着我啊,我一定还要回到哨所来!"

(李奕明)

(题图:安玉民)

好 朋 友

　　琼和珍妮一起在孤儿院长大,是形影不离的好朋友,现在,她们在纽约曼哈顿大道一个叫格林的富翁资助下读大学。

　　琼每个周末下午要去纽约富人区 126 号别墅,给坐在轮椅上的詹姆斯先生读报,或者陪他聊天;而琼的好朋友珍妮则在街角的咖啡屋里找一个靠窗的座位,边喝咖啡边看书,等琼出来。

　　说实话,琼一点也不喜欢阴沉古怪的詹姆斯先生,只不过这份工作是孤儿院安排的,她不便推辞。而且,詹姆斯先生的私人助理约翰是个可爱的小伙子,他深情的眼光常常让琼着迷,最近他还送给琼一本普希金的爱情诗集。琼意识到自己恐怕是爱上了约翰,不过,她没有把这件事情告诉任何人,包括珍妮。

　　这天,詹姆斯先生莫名其妙地对琼发脾气,琼认为这老头需要去看看外面的世界,呼吸一下新鲜空气,于是就不顾他怒吼反对,自作主张地推着他的轮椅上了街。

果然没一会儿,明朗的阳光就让詹姆斯先生的情绪渐渐平静下来,他就像个孩子,听琼陶醉似的讲述她从小到大对这个富豪住宅区的遐想:"住在这里该有多么幸福啊,衣食无忧,每天睡觉前还能吃上最美味的甜品,或者一个冒着热气的蛋糕。更重要的是,我想,格林先生或许也住在这里的某一座房子里……"

"格林先生是谁?"詹姆斯打断琼的话问道。

琼说:"他是资助我和好朋友珍妮上学的一个富翁,可是我们从来没有见过他。"

"像你们这样的孩子多吗?"詹姆斯的口气一转。

"多,很多,将来我工作了,有了钱,一定先要帮助这些孩子。詹姆斯先生,您那么有钱……"琼说到这里立刻感到自己说话太唐突,于是便打住了。

"哼,"詹姆斯已经明白了琼这半句话里的意思,冷笑一声,说,"我捐钱出去,会有多少用到孩子们身上呢? 多半进了某个人的腰包,我可不想做什么慈善家。我累了,推我回去。"

琼看了看詹姆斯,不想再说什么。因为她发现,这个老头是绝对体会不到,哪怕是一点点的资助,对于像她和珍妮这样的孩子,意味着什么。

回到别墅,詹姆斯要琼给他念普希金的诗,可琼刚念了个开头,老头就微微皱起了眉,问她:"你恋爱了?"

琼心里"别"地一跳:"没有,我没有。"

老头瞥了她一眼:"我嗅到了爱情的味道。"

琼的脸"刷"地红了。

傍晚时分,琼打算离开詹姆斯家的时候,詹姆斯突然犯了哮喘病,呼吸急促,满脸发紫。琼吓坏了,立刻打电话叫急救车,把詹姆斯送进医院,又通知了约翰。

等在医院里把詹姆斯安排妥当,约翰便送琼回学校。分手的时候,约翰突然问琼:"你喜欢我,是吗?"

琼吃惊极了,但还是忍不住点了点头。

约翰说:"亲爱的,你听我说,我也爱你。我有个计划,我现在掌握着詹姆斯所有的钱财,我们远走高飞吧,从此就可以远离这种任他差遣的日子。"

琼吃惊地瞪着约翰:"你是说带着他的财产走?"琼这时候痛苦极了,她没想到约翰竟是这么个无耻小人,她心里愤怒极了。

约翰看到琼如此反应,脸上露出了微笑:"亲爱的,对不起,我刚才是故意那样说的,是为了试探你。你知道吗? 现在的女孩都想穿上水晶鞋一步迈入豪门,我真高兴我爱着的姑娘是如此善良,心地是如此纯正。"

琼听了约翰这番话,心里真是又惊又喜,尽管刚才这一幕像电影一样令人难以置信,可她还是很高兴自己没有看错人。

再说詹姆斯,自从住院后,变得越来越依赖琼,琼只要迟到一会儿,他就暴躁不安,他习惯在琼轻轻的朗读声中吃饭、睡觉,这让琼很惶恐不安。詹姆斯对琼似乎有超乎寻常的关注和依赖,琼不明白这是为什么,她隐隐地有些害怕,担心詹姆斯会在自己身上动什么脑筋,这些有钱人的心思谁能摸得透呢? 可是一想到有约翰在,她又觉得安心了些。

珍妮对琼的这些秘密一无所知,珍妮也有自己的秘密。

两个月前的一天,珍妮正坐在咖啡屋里全神贯注地读着美文,一个小伙子突然走到她面前,笑着说:"请问现在几点了?"

"差一刻六点。"珍妮回答。

"我叫杰克。"这个英俊的小伙子接下来并没有走开的意思。

能有人陪着聊天也不错啊,更何况珍妮对小伙子很有好感,于是,两个人就坐在那儿闲聊起来。聊了很久,杰克才仿佛想起了时间:"哎哟,我有事要走了,你什么时候还来这里?"

"一般是周末。"珍妮甜甜地笑着。

杰克恋恋不舍地走了,他说他家就住在附近。后来,尽管珍妮和杰克从没有约过时间,可杰克总会适时地出现在咖啡屋里。

当珍妮确定自己已经爱上了杰克时,她就把这件事情告诉了琼:"我喜欢他。爱情来了,想不爱都难!"

琼极力支持珍妮,她拿出自己攒了很久的零用钱,塞给珍妮,让她去买件像样的衣服。琼觉得,珍妮的幸福就是她的幸福,她们从小到大相依为命,彼此都把对方看得比自己重要。

这天,琼正在医院里照顾詹姆斯,孤儿院的嬷嬷打电话让她回去一趟,说珍妮把自己关在房间里号啕大哭,任怎么问,她都不说原因。琼于是安顿好了詹姆斯,就急急赶回孤儿院来。

几个星期不见,珍妮憔悴得完全变了样子,平日里容光焕发的脸像是蒙了一层灰,瘦弱的肩头在微微颤抖。琼心疼地一把抱住珍妮,轻声软语地安慰询问,才知道原来是珍妮失恋了。

珍妮这个丫头,好像在这方面特别不顺,她越是想抓牢,别人就越是要挣脱。只有琼懂得她,从小就没有什么真正属于自己的东西,这种心态多半是由于可怜的身世造成的。

"可是这一次不一样,"珍妮的眼泪止不住地往下流,"他说,他并不像我想象的那么富有,他满足不了我的奢望,而且他已经爱上了另外一个女孩。可是我真的不在乎他是谁,我就是爱他。"

"我能帮你什么忙吗?"珍妮的情绪让琼很担心。

珍妮告诉琼说:"明天晚上,我要和他在咖啡馆里见面,我不是爱慕虚荣的人,你是了解我的,你帮帮我,给他说清楚。"

看着珍妮乞求的眼神,琼毫不犹豫地点点头。

第二天晚上,琼从医院里照顾好詹姆斯出来,赶到咖啡馆时已经迟到了整整十分钟。远远的,她看见珍妮和一个小伙子在靠窗的座位上坐着,琼突然吃惊地停住了脚步。为什么? 这个小伙子居然是约翰。

约翰怎么会在这里？看珍妮的表情，约翰显然就是珍妮说的她深爱着的那个杰克。

约翰和杰克怎么竟是一个人？这么说，他同时欺骗了她们两个？琼立刻掉头离开了咖啡屋，她心神不定地回到医院，决心要从詹姆斯那里弄清楚约翰到底是一个什么样的人。

再见到詹姆斯的时候，琼自己也不知道怎么突然对这个老头有了一种信任感，她怯怯地问道："詹姆斯先生，您了解您的助理约翰吗？记得您好像说过，他是您一个朋友的孩子。"

"是的，"詹姆斯说，"他是个好孩子，小时候，他也在孤儿院里，叫杰克，后来被我的一个朋友收养了，改名叫约翰，可他经常还是对人说他叫杰克，大概是忘不了那段苦日子。"

詹姆斯先生轻描淡写地说着，可是这话却让琼又惊又喜：这么说，约翰没有欺骗我们？他是因为爱上了我，才拒绝珍妮的？可琼同时也感到一阵刺心的疼痛，既然珍妮这么爱约翰，她就不想让珍妮受委屈，她不能容忍自己把约翰从珍妮身边抢走。

这一刻，琼做出了自己的决定。

第二天，琼一大早就来到了医院，对詹姆斯说："詹姆斯先生，我要准备学校规定的毕业论文了，让我的朋友珍妮来照顾您吧，她一定会把您照顾得更好，您完全可以放心。"

让琼意外的是，平日阴冷易怒的詹姆斯，听了琼这话居然显得十分平静，他问琼："我想知道，这是为什么？"

琼不想多解释："就是因为写论文，没有别的原因。"

可是詹姆斯坚持要问个明白："我听约翰那小子说，他爱上你了，是不是因为他？你不喜欢他？"

琼愣了愣，低下头，轻轻地说："是的，詹姆斯先生，我不喜欢他。如果您没有别的事，我想我应该可以走了。"

可是詹姆斯却对琼不依不饶，他继续追着琼问道："你把珍妮看得比自己更重要吗？如果你们俩爱上了同一个小伙子,你会怎么办?"

琼没有想到詹姆斯会问她这样的问题,她抬起头来,坚决地说:"没有这种可能,詹姆斯先生,我永远不会抢好朋友的东西。"说罢,她微笑着走出了病房。

可是才出门,琼脸上的泪水就止不住流了下来,毕竟是要和自己也深爱着的约翰永远分手了。琼打算毕业后就离开纽约,永远不让珍妮知道事情的真相。她相信没有了自己,约翰一定会爱上珍妮的。

可事情并不像琼想的那样,珍妮并没有接替她来照顾詹姆斯,而且这一天,约翰还找到了琼,并说是珍妮告诉他地址的。

琼非常生气,对约翰说:"你应该好好爱珍妮的,你怎么能从她嘴里打听我的消息?"

约翰却好像一点也不觉得他做得有什么不对,他对琼说:"珍妮告诉我说,一切都过去了,她不会抢你的东西。"

琼一听,丢下约翰就去找珍妮,两个人抱在一起又哭又笑。此刻,不管约翰还是杰克,对她们来说都不重要,如果爱情一定要她们用友情来换取的话,她们两个人都宁愿不要。

一个月后,詹姆斯去世了,按照他事先写下的遗嘱,他所有的财产由琼和珍妮共同支配。詹姆斯希望,她们以后能用这些钱去帮助更多的孩子。

琼和珍妮听律师宣读完遗嘱,简直不敢相信自己的耳朵:这怎么可能? 在她们的印象里,詹姆斯是个十分小气的老头。

是詹姆斯的律师,道出了其中的秘密。原来,詹姆斯自从患病不能行走之后,脾气变得非常古怪,除了这个律师,他不相信身边任何一个人。有一天,他突发奇想,让律师陪他去了一趟孤儿院,一眼选中了琼和珍妮,无儿无女的詹姆斯表示,要把他的巨额财产交给她们两个共同继承。詹姆斯不但希望让她们过上幸福的生活,还希望她们以后能够用这钱来资助更多需要资助的孩子。

"可是,"琼问,"詹姆斯先生不是有约翰,或者叫杰克吗？他为什么不把这笔巨额财产留给他呢？"

"他？"律师笑了,"他是詹姆斯先生雇来的演员,是用他来考验你们对朋友的忠诚度的。詹姆斯先生认为,只有对朋友无限忠诚的人,才是可靠的和值得信任的。你们彼此忍让、彼此相爱的态度,詹姆斯先生看在眼里、喜在心里。詹姆斯先生说过,他看准了的人,绝对不会差,他相信自己的眼光。"

琼和珍妮惊讶地听律师诉说,方才知道原来这一切都是詹姆斯先生精心导演的,怪不得会出现那么多巧合,心里真是感慨无比。

可是,琼和珍妮还是有一点不明白,回到孤儿院后,她们拉着院长嬷嬷的手问:"院长嬷嬷,我们想知道,当初詹姆斯先生选中我们俩,是巧合还是另有原因？"

"当然不是巧合了,"院长嬷嬷的嘴角泛起一丝微笑,她告诉琼和珍妮说,"詹姆斯先生每天都在关注着你们的成长啊,孩子,他就是一直在默默资助着你们的格林先生,'格林'是詹姆斯先生捐款时用的化名。"

琼和珍妮一听,惊呆了。这么多年来,她们一直发誓有朝一日要当面谢谢格林先生,想不到这个心愿最终成了遗憾……

后来,琼和珍妮在院长嬷嬷的指导下,用詹姆斯先生留给她们的这笔巨款,将孤儿院彻底改建一新,使之成为全纽约规模最大、设施最完备的孤儿之家,她们也全身心地投入到了这个被她们称之为"爱"的事业之中。

琼和珍妮相信,如果詹姆斯先生地下有知,一定会高兴的。

(寒　梅)

(题图:箭　中)

义薄云天

所谓豪情义气,便是同生共死时的同仇敌忾;也是面临选择时的两肋插刀。

朱红花开

　　故事发生的年代已经记不清了,但这个故事至今还在人们口中流传。

　　说的是那年,有一个很大的村庄,靠着天时地利人和,村里人过着富足的生活。可是有一天,村里突然蔓延起一种奇怪的病,谁染上它,谁就会全身溃烂,最后在痛苦中死掉。

　　村里有个医生,叫李回春,经过诊治摸索,终于配制出一种特效药。但困难的是,这药必须要用一种叫"朱红花"的花籽作药引,而朱红花只生长在原始森林深处,并且数量极少。有人为了找它救命,曾兴冲冲跑进林子,结果却再也没有回来,朱红花籽因而身价百倍,在村里,就是一百两黄金也换不回一颗朱红花籽。而没有朱红花籽,名医也无法妙手回春。

眼看村里染这种病的人一个接一个死去，李回春焦急万分，决心舍命进山去采朱红花。

李回春很早就死了妻子，一儿一女都是他自己带大的，可就在动身的那天，他发现儿子也染上了这种怪病。眼看着儿子躺在床上奄奄一息，他的好友王二这时候突然找上门来，原来王二的独生儿子也得了这种病，他想约李回春一起去原始森林采朱红花籽，救儿子的命。

两个人结伴岂不更好？可是两个人正要出门的时候，王二却手搓着衣角，似乎有什么话要对李回春说。

李回春看他一眼，问："你怎么了？"

王二问李回春："咱俩是好朋友吧？"

李回春奇怪了："这还用问吗？除非你不再把我当朋友了。"

"那……"王二吞吞吐吐道，"既然咱俩是朋友，我……我求你答应我件事。"

李回春急了："孩子都病成这样了，有什么话你就快说吧。"

王二低着头，说："如果这次咱们只找到一颗朱红花籽，你能不能答应先给我儿子用？你还有女儿，可我就这么一个儿子……行吗？"

李回春没想到王二会提这样的要求，不由愣住了。但他心里很明白：治病救人是医家的本分，如果真的只找到一颗朱红花籽，自己理应让步。

李回春朝王二点点头，说："你放心，谁让咱俩是朋友呢？到时候我一定让你。不过，村里还有那么多生病的人，咱们得尽量想办法多采一些花籽回来才是呀！"

说完，李回春最后看了一眼躺在床上的儿子，又向稍大的女儿交待了几句，就拿上干粮，和王二一起出发了。

他们俩走呀走，不知走了多少路，越走越没了人迹，原始森林里到处都是参天的古树，还有野兽发出的阵阵怪叫，王二吓得直发抖，搂着李回春的衣服不敢放。两个人摸索着走了大半天，不但朱红花的影子没见着，身上还被茅草和荆棘划出道道伤痕。

就在这时，突然从前面林子里传来一阵"窸窸窣窣"的声音，李回春和王二吓得浑身汗毛竖立，以为是野兽来了，谁知出现在他们眼前的，竟是一个背着药篓的白胡子老头。

老头一看到李回春和王二，就冲着他们大喊："你们两个跑到这种地方来，不要命了？这儿到处是瘴气和野兽，弄不好就得丢命。"

李回春叹了一口气，把村里人以及他们自己儿子得病的事，一五一十对老头说了。老头一听，哈哈大笑："不就是要用朱红花籽做药引吗？这玩意儿在林子里不稀罕。"

"真的？"王二欣喜万分，握住老头的手急切地说，"那你就赶快带我们去采吧。"

老头说："带你们去可以，但必须答应我一个条件。"

"行！"李回春和王二激动万分，"只要能采到，什么条件我们都能答应。"

老头看着他们，说："你们回去以后，要把这个地方彻底忘掉，不但以后不能带别人来，就是你们自己，也不许再来。"

李回春一听，这算什么条件？赶紧对老头说："老人家，你放心，只要采回去的花籽够把全村的病人都治好，我们以后绝对不会再来。"

老头叹了口气，解释说："别怪我不通情理。我原本也有一个幸福的家，是一场突如其来的浩劫，夺去了方圆百里无数人的性命，也夺走了我所有的亲人，我是死里逃生才进的林子，在这里十几年，已经习惯了一个人的平静生活。所以带你们去采花之前，你们得先给我跪下，对天发个誓，以后绝对不能再来。"

王二心里挂念着生病的儿子，看老头啰啰唆唆没个完，还要他们发誓，忍不住嘴里就嘀嘀咕咕起来："这死老头子，还不快点带我们去……"

李回春狠狠瞪了王二一眼,赶紧"扑通"一声在老头面前跪下来,两只手放在胸前,老老实实地说:"苍天在上,我李回春如果违背誓言,天打五雷轰。"王二一看这阵势,只好跟着跪下来。

老头看着王二,等他发了誓,这才抬腿带他们向迷宫似的林子深处走去。也不知走了多长时间,眼前豁然开朗起来,李回春和王二一看,惊呆了:满地的朱红花盛开着,一丛一丛,简直就像一片红色的海洋。

老头捅捅李回春和王二:"还愣着干什么? 赶紧把花籽捋回去呀!"

两个人这才如梦初醒,把随身带来的布袋子打开,将下花籽往布袋里装。

不一会儿,两个人装了满满一袋,李回春把袋口扎紧,拉着王二要向老头告别。老头叮嘱说:"这里其实离你们村并不很远,你们只要朝着月亮升起的方向走,就能走回村里。别忘了你们发过的誓,千万别带人来,要不然……"

老头说到这里,脸上的表情突然僵住了,鲜血从他嘴里流了出来。李回春傻了眼,一看,原来是王二下的狠手,他把药镰刺进了老头的胸膛。

老头都已经倒在地上了,王二还恶狠狠地瞪着老头说:"你怕我们告诉别人? 我还怕你告诉别人呢!"他拉过目瞪口呆的李回春,说:"兄弟,有了这袋朱红花籽,咱俩回去好好发他一笔横财。"

李回春根本没想到王二的心会这么狠,交往多年,怎么平时就没看出来呢? 李回春只觉得此刻王二眼睛里满是凶光,他惊恐地想:这家伙黑了心了,接下来一定还会杀自己灭口。他越想越害怕,一把背起装满了朱红花籽的口袋,就拼命向前跑起来。

王二当然不会善罢甘休,挥舞着药镰在后面紧追。

李回春觉得自己今天必死无疑,有几回,他都听到背后王二"呼哧呼哧"的喘气声了。可谁知不一会儿,王二的声音越来越轻,突然一声惨叫之后就再没了声息。李回春觉得奇怪,停下脚步回头一看,原来是一条大蛇缠住了王二的身子。

这真是恶有恶报,老天有眼呀!李回春趁此机会没命地一直朝着月亮升起的方向跑,终于跑出林子,跑回了村里。

这时已经是深夜了,李回春跑到家门口,推门进屋。女儿看到父亲回来,哭着扑了上来,李回春知道事情不好,冲到床前一看,儿子已经气若游丝了。他慌忙解下背上的口袋,可直到这时才发现,口袋已经被王二的镰刀划了一个口子,里面的朱红花籽早漏光了。李回春发了疯似的捶胸顿足,把口袋翻过来倒过去地找,才在口袋底缝里找到一颗朱红花籽。

李回春的心顿时颤抖起来,因为他答应过王二,如果只找到一颗朱红花籽,一定先让给他儿子。现在王二虽然死了,可他儿子并没有罪过呀,大丈夫一言九鼎,怎能食言?

李回春抚着儿子的脸,泪珠大滴大滴滚落下来:"儿呀,是爹没能耐,是爹对不住你呀!"说罢,他一跺脚,大步朝王二家走去。

王二的儿子得救了,可等李回春再回到自己家,他儿子却已经闭上了眼睛。李回春悲愤不已,他咬紧牙关,默默地走出家门,来到村头,"当当当"敲响了大钟。

村里的男女老少都被钟声惊醒了,他们知道,只有在村里发生重大事件的时候,村头的这口大钟才会被敲响。所以很快,全村人都聚集到了大钟下面。

李回春看了看大家,拉开嗓门大声说:"乡亲们,咱们死不了啦,我已经找到了朱红花盛开的地方。现在,我就带大家一起去采朱红花籽。"

"啊,太好啦!太好啦!"村里人闻听这个好消息真是喜出望外,他们立刻点燃火把,跟着李回春浩浩荡荡向大森林进发。

这时候,乌云遮住了月亮,"轰隆隆——轰隆隆——"天空中响起一阵又一阵的雷声。李回春心里一惊:自己在白胡子老头面前曾经发过天打五雷轰的毒誓,这莫非是老天在提醒自己?可抢救全村人的性命,不是应该比什么都要紧的吗?李回春什么也顾不上了,咬着牙,继续头前带路,领着大家一步一步朝朱红花盛开的地方走去。

天上的雷声越来越响,还下起了瓢泼大雨,雨水把大家手上的火把都浇灭了,可大伙儿一点退缩的意思也没有,李回春心里更是一心只想着快点找到朱红花,救下村里那些病人的性命。

就在这时候,突然一道长长的闪电从天上划过,紧接着"轰隆隆——"一声巨大的雷鸣,闪电不偏不倚正好打在李回春的头上,李回春应声倒地,身上立刻起了火,他疼得像个火球似的在地上滚,可一双手却还死死地指着前方。

村里人吓坏了,大家七手八脚地把李回春身上的火扑灭,可是晚了,李回春已经咽了气。没有领头人,队伍就没了方向,大家只好循着来路往回走,他们小心翼翼地把李回春抬回村里厚葬,全村人都为他戴重孝。与此同时,村里人也明白,关于朱红花的秘密,恐怕以后再也没有人知道了。

可让村里人万万没想到的是,第二天天一亮,从李回春的房门前开始,就出现了一条长满朱红花的小路,一直向林子里延伸,顺着这条路走,村里人很快就来到了朱红花盛开的地方⋯⋯

村里人向苍天跪拜,感谢李回春显灵保佑他们。可他们一点不知道昨夜发生的事——是李回春背上那只装满朱红花籽的口袋被王二的药镰割破,他一路往村里跑,同时也撒下了一路的花籽,经过一场大雨,才开了这一路的花,指引他们找到了那个神奇的地方⋯⋯

(文 华)

(题图:俞耀庭)

滴血的红梅

　　清康熙年间，远城县有两个秀才，一个叫赵之景，一个叫范怡生，两人都喜爱书画，平日又志趣相投，于是便成为莫逆之交。

　　范怡生家境贫寒，常常衣不蔽体，吃了上顿没下顿，但他人穷志不穷，很有骨气。而赵之景出身富裕，家里有田产上百亩，所以经常邀范怡生去他家吃饭。范怡生每叫必到，但过不了几天，总要置席还情，赵之景怎么劝都不听，时间长了，赵之景摸清了范怡生的脾气，于是就轻易不敢再请，以免范怡生还席。

　　这年冬天，快要过年的时候，到范怡生家登门要账的人接连不断。这天，范怡生愁得一夜未睡，早上起来又没有饭吃，冻得身子直发抖。为了驱逐寒气，他便铺纸调料，作起画来。

　　范怡生正全神贯注地画着，忽然门外响起一阵锣鼓声，还没等反应过来，就见几个如狼似虎的衙役窜进屋来，一个獐头鼠目、身着七品冠带的小个子随后踱进屋来。

范怡生认得，此人是远城县令姜金贵。姜金贵是个赃官，在远城干下了不少伤天害理的事情，范怡生和赵之景私下里不知骂过他几百回。

姜金贵阴沉着脸扫了范怡生一眼，目光移到画案上，脸色突然一展，连连点头道："妙妙妙！范先生这幅画本县买了，不知要多少银子？"

范怡生一口回绝："此画不卖。"

姜金贵捋捋鼠须，阴冷着脸说："州府巡抚张大人是丹青高手，本县想将范先生这幅画拿去请张大人指点指点，这可是范先生前世修来的福分呀！"说罢，他吩咐他的那些衙役，"来人，给我将这幅画收了！"

范怡生自然不让。

正在这时，忽听门外一声断喝："慢！"话音刚落，赵之景闯进屋来。他大步走到画案前，左转三圈，右转三圈，不住口地赞叹："好画！好画！一剪枯梅，傲霜而立，好一幅寒梅图。怡生兄，这画我买了。"

姜金贵瞪眼吼道："此画本县已经买下了，岂容你插手？"

赵之景轻蔑地瞥他一眼，问道："姜县令愿出多少银子？"

姜金贵让衙役拿出五两银子，扔在范怡生面前，朝赵之景翻着白眼说："这不算少吧？"

赵之景哈哈大笑，甩手一把，往画案上扔出一叠银票："我出一万两银子，这画归我了。"

"大胆！"姜金贵跳了起来，"你竟敢跟本县抢画？来人，把他给我绑了！"

赵之景生性天不怕、地不怕，他哪里买姜金贵的账，伸手一抓，就把范怡生的画抓到手里，对范怡生说："怡生兄，'宁为玉碎，不为瓦全'，这画我替你撕了。"

可谁知，赵之景这话刚落音，范怡生就连忙上前阻拦。他从赵之景手里拿回画，对姜金贵说："县大人，这画还有最后几笔没画完，等我画完了，你再拿走不迟。"

范怡生说着，就将画重新置于画案上，两只眼睛直勾勾地盯着它看，片刻之后，忽然"哇"对着画面竟喷出一口鲜血。赵之景和姜金贵都不由吓得惊叫起来，再看范怡生，他却不慌不忙转过身，对姜金贵说："县大人请看，这幅画已经完成了。"

赵之景和姜金贵同时凑上来看，只见画上突然多出了几朵迎风昂扬的红梅，因为是范怡生喷血而作，颜色看上去非常有神韵。姜金贵说不出有多高兴，得意洋洋地亲手将画收起，然后带着衙役乐颠颠地走了。

赵之景没想到结识多年的好友竟是这个德性，他对范怡生冷笑道："嘿嘿，恭喜你攀上巡抚大人这座靠山哇，以后的荣华富贵你就指日可待了。"走出几步，他又转回身，从怀里掏出一叠纸来，气呼呼地朝范怡生脸上扔去，"我还一直以为你是个铁骨铮铮的大丈夫，不料竟是无耻小人一个。哼，算我瞎了眼。"说完，头也不回地走了。

范怡生拾起赵之景扔给他的那叠纸一看，原来都是他平时陆陆续续写给人家的借据和欠条，仗义的赵之景都帮他赎回来了。范怡生心里百般感慨，深深地叹了口气。

再说姜金贵，差点被赵之景坏了好事，他自然咽不下这口气，于是后来就找机会把赵家的田产全部没收。赵父本来已是风烛残年，这一吓就吓出病来，没多久就死了，赵母也悬梁自尽。赵之景家破人亡，无奈之下只好远走异乡，他满怀愤恨发奋读书，终于在五年后高中状元。

后来，康熙下旨任命赵之景为三省主考官，可巧远城也在他的辖区之内。这天，赵之景巡视到远州府，便向知府打听范怡生和姜金贵的消息。知府说："姜金贵早已被法办,关于范怡生的画,倒是还有一段奇事,不知大人是否听说过?"

赵之景摇摇头,知府便滔滔不绝地说了起来。

原来,当年姜金贵拿到范怡生的画之后,过年时就把它送去给了张巡抚。张巡抚一看就爱不释手,可他手下的幕僚却提醒他说"血喷之画乃不祥之兆",可张巡抚实在舍不得丢弃,硬是让挂在书房里,还请来众官欣赏。众官个个都是看着张巡抚脸色说话的人,自然对此赞不绝口,可不料那画上血喷而成的红梅,此时却忽然无缘无故地烧起来,还连带烧掉了旁边张巡抚收藏的另外两幅名画,差点把巡抚衙门也烧了。张巡抚一怒之下让手下将姜金贵一顿乱棒打出门去,后来又查实姜金贵的不法之举,就狠狠地办了他。

赵之景听了大吃一惊:"竟有这等奇事?"

知府笑着直点头:"当时下官正巧在张大人家里,乃亲眼所见。"

赵之景又问知府:"那个作画的范怡生,现在还在远城吗?"

知府说:"嘿,巧了,他正要去省城投亲,昨日路过此地,下官和他相熟,就留他小住几天……"

赵之景一听,抓住知府的手说:"快,快快与我引荐此人。"

知府看赵之景真有此意,于是就吩咐下人拿来两套布衣,说:"范怡生一向不愿结交为官的,下官以往也是以平民身份和他相处,他到现在都还不知道我是知府,所以大人若不介意,就请……"

赵之景二话不说,换上布衣就跟着知府从后门出了府衙。

转过几条街,来到一处旧宅院前,有人迎上来,知府向他说明来意,那人说:"范先生已经走了。"

知府急着问:"那是为何?"

那人嗫嚅说,是因为范怡生无意中得知了知府的真实身份,所以立刻就不辞而别。

知府无奈地看看赵之景，赵之景吐出一个字："追!"两人随即上马，沿着去省城的路急急追去。

快马加鞭赶了一个多时辰，他们追上了一个小老头，知府说这就是范怡生，赵之景着实吃了一惊：不过五年时间，范怡生居然从一个意气风发的英俊少年，变成了一个垂垂暮年的老头，要不是知府告知，他哪里还能认出他来？

知府下马，问："怡生兄，何故不辞而别？"

范怡生沉默半晌，说："君我两途，不便相交。"

赵之景走上去，紧紧抓住范怡生的手，说："怡生兄，还认得之景么？"

"之景?"范怡生揉揉眼睛，瞪了赵之景半天，大叫一声，"之景兄!"

两人立刻抱作一团，相拥而泣。

赵之景哭道："我错怪怡生兄了，我没想到怡生兄是如此的忍辱负重啊!"

范怡生叹了口气，说："姜金贵那狗官横行霸道，无恶不作，哪怕就是我的一幅小画，他也不会轻易让给你。当初你开出一万两银子的价，若是他真拿出比一万两更多的银子，哪会从自己口袋里掏，不还是会逼得多少百姓家破人亡？我一人失节事小，百姓性命事大呀!"

范怡生的这番话，让赵之景听得脸红耳赤，他眼前顿时浮现出当初范怡生的那幅喷血梅花图，浑身热血奔涌……

(一　冰)

(题图:俞耀庭)

一个团长两个兵

　　这事儿说起来离现在已经有七十年了,当时军阀混战狗咬狗,说不清谁是谁非。

　　那年秋天,两个军阀在沙漠边缘开了一战,敌对双方各一个团,打得天昏地暗。交战的第三天,胖团长的部队支持不住了,兵败如山倒,到太阳落山时,部队全被打散了,胖团长死里逃生,借着夜幕掩护,只身逃进了沙漠。

　　这一带曾是胖团长的地盘,因此胖团长知道这片沙漠并不是很大,照直朝北走,五六天就可走出沙漠。可不幸的是,他的腿受了伤,需要有人搀扶才行,而且跑的时候太急,他没来得及带上水和食物。

　　胖团长在沙窝里躺了一夜,天亮后,他发现不远处有两个士兵，从军装颜色上看，应该是自己手下的。那两个士兵也发现了胖团长，茫茫沙漠里熟面孔相见，哪怕是上司，他们也分外惊喜。于是赶紧过来请示，问胖团长下一步该怎么办。

胖团长说："出路只有一条，就是一直往北走，走出沙漠就是自己的地盘，东山再起不难。"那两个士兵都愿意追随胖团长，于是就拿出水和食物来孝敬他。

两个士兵一高一矮，胖团长就分别叫他们"大个子"和"小个子"。

大个子和小个子轮流搀扶着胖团长朝北走，沙漠里没有人烟，也没有树木，头上顶着火辣辣的太阳，脚下踏着能烫熟鸡蛋的黄沙，他们三个人好不容易挺过了第一天。可谁知，第二天的太阳比第一天更辣，到中午时分，三个人走得又渴又饿又累，坐在一个沙丘顶上直喘粗气。

胖团长迫不及待地拿起一块骆驼肉，和着水一边吃一边问大个子和小个子："咱们手里吃的喝的，还能撑几天？"

小个子正渴得难受，望着胖团长手里的水壶，舔舔干裂的嘴唇，说："要是一个人，省着点，能撑八九天。"

大个子正饿得心慌，望着胖团长手里的骆驼肉，咽着口水说："要是两个人，省着点，能撑五六天……要是三个人，只能撑二三天。"

胖团长朝四周看了很久，说："我嗓子疼得厉害，听说嚼了骆驼草就好。你们现在分头到东西两边那两个大沙丘后面去找找，看看有没有那玩意儿。"

小个子怀疑地看了胖团长一眼，说："我从来没听说过，骆驼草能治嗓子疼？"

胖团长脸一沉，不高兴地说："你吃过几天咸盐？"

小个子不敢顶嘴了，尽管眼前这大沙漠里只有他们三个人，胖团长也早没了往日的威风，可小个子是军人，军人是不能违抗上司命令的,所以他只好听胖团长的命令,和大个子分别去东、西两个沙丘后面找骆驼草。

半个小时之后,大个子空着手从西边那个沙丘后面回来了,说他把那里全找遍了,一棵骆驼草也没有。

又过了半个小时,小个子从东边沙丘后面回来了,手里拿着两棵骆驼草。小个子说,东边沙丘后面也没有骆驼草,他是翻过南边的沙丘,好不容易才找到这两棵的。小个子本来就饥饿难耐,又一连翻了两个沙丘,此刻累得连站都站不住,一屁股跌坐在沙地上,伸长着脖子直喘气。

胖团长默不作声地从小个子手里接过骆驼草,看了看,突然就从腰里拔出手枪,对准小个子的脑袋"乒"地开了一枪,小个子一声没吭就倒在了地上……

大个子吓傻了,一步步直朝后退。

胖团长收起枪,对大个子说:"你不用怕,吃点东西,随后就赶快扶我上路吧。"

大个子惊魂未定,两条腿直哆嗦,瞪着眼睛问胖团长:"你……你为什么要杀他?"

胖团长"嘿嘿"一笑,说:"少一个人,不就省了一份吃的喝的了么?"

大个子一听,脱口道:"那你为什么不把我也一起杀了?"

胖团长拍拍自己的腿,说:"我要靠你把我扶出沙漠。你放心,我东山再起后,一定给你弄个副团长当当。"

大个子还是不解:"那……你为什么不打死我,而要打死他?"

胖团长鼻子里"哼"了一声:"为什么? 就因为他找到了骆驼草。"

胖团长这话更让大个子不解:"这……不是你叫我们去找骆驼草的吗?"

胖团长眼睛里闪过一丝阴冷和奸诈:"我可没让他到南边去找……他没听话。"

大个子一听,心头猛地一震,就像被刀剜了一下:"可他到底为你找到骆驼草了哇!"

看着大个子目瞪口呆的样子,胖团长得意地笑了,说:"我哪里要什么骆驼草,只不过是想考验你们两个谁更可靠,谁会不折不扣服从我的命令。"胖团长一边说着,一边把水和食物递给大个子,"记住,为官最要紧的是精通用人之道。"

大个子站在那里,傻傻地看着胖团长,突然,他一弓腰抓起自己的步枪,对着胖团长的心窝就是一枪:"打死你这个王八蛋!"

也不知道过了多少时候,沙漠上垒起了一座坟墓,墓里埋的是那个小个子兵,而胖团长的尸体,却被抛在不远的沙丘上。

大个子把胖团长的衣服撕碎了当作纸钱,给小个子烧。他跪在小个子坟前,哭着说:"好兄弟,我送你上路……往后你不管走到哪里,都得记着,给胖团长这种家伙做事,他让你向东,你可不能往西,要不,不会有好下场啊!"

祭奠完了,大个子来到暴尸沙漠的胖团长跟前,狠狠踹了他一脚,然后背上剩下的水和食物,照直朝北走去……

(尹全生)

(**题图**:刘斌昆)

命 令

　　刚解放那阵,东北的一些农村有个习俗,姑娘送给心上人的信物,往往是一件红肚兜。二姐心灵手巧,她也亲手缝了一个,那红肚兜真漂亮,正中央还绣着一对活灵活现的戏水鸳鸯。

　　村里有两个小伙子,一个叫铁成,一个叫二山,他们都爱二姐,也都亲眼见过二姐做的红肚兜,两个人都想能早日得到它,让它成为自己的贴身之物。

　　正在这时,抗美援朝战争开始了。铁成报名参加了志愿军,二山是独生子,因为父母阻拦,没有报名。

　　铁成走后,二山觉得眼前少了个情敌,得到二姐应该更有把握了,可不料二姐不但没把红肚兜送给他,反而疏远了他。二山心里十分痛苦,第二年不顾父母阻拦,毅然当兵上了抗美援朝的最前线。

战场上,二山被分配到司令部通信班。说来也巧,班长就是他的光腚兄弟铁成,战地遇老乡,自然格外亲。

不久,二山就有了个发现:不论什么时候,到什么地方,铁成身上都背着一个挎兜,从来就是"兜不离身、身不离兜"。有一次战斗中,一块弹片把铁成的挎兜撕开了,二山这才发现,原来铁成在挎兜里装着二姐的那个绣着戏水鸳鸯的红肚兜。

二山什么都明白了。

后来,战争越打越惨烈。这天,司令部通往 101 高地的电话线突然被炮弹炸断了。正在这时,有一份紧急命令要送到高地上去,首长把这个艰巨而危险的任务交给了铁成和二山。

命令一下达,铁成和二山就出发了。一路上,火光冲天,硝烟弥漫,子弹密如雨点,铁成和二山互相掩护,机敏地从一个弹坑跃入另一个弹坑,衣服烧着了,眉毛烧焦了,但他们全然不顾。

当 101 高地终于出现在他们眼前的时候,空中传来一阵刺耳的尖叫声,铁成朝二山大喊一声:"敌机! 卧倒!"可二山此时趴着的那个弹坑,正巧在一块光秃秃的荒地上,二山完全暴露在了敌机眼皮底下,情势十分危急。

就在这紧要关头,铁成猛地从弹坑里跳出来,飞快地向另一个方向跑去,一面跑,一面两只手举得高高,拼命舞动着。二山看得很清楚,铁成手里舞动的,是原来一直珍藏在挎包里二姐亲手缝制的红肚兜。

二山撕心裂肺地喊道:"铁成——"

头顶上的敌机疯狂地朝铁成俯冲下去,惊天动地的爆炸声随之响起,那片红色被强大的气流卷上了天……在震耳欲聋的炮火声中,铁成倒了下去。

二山深知自己重任在肩,他趁机含泪冲上 101 高地,把首长的命令安全地交到了指挥员手中,而他自己却因为过度悲恸,竟两眼一黑昏了过去……

终于醒过来的时候,二山发现自己躺在担架上,他突然觉得自己好像来到了另一个世界:周围没有了枪炮声,没有了敌机的尖叫声,没有了战士们的呐喊声,一片寂静。他惊讶地从担架上挣扎起来:"为什么不打?打呀!为铁成报仇呀!"

指挥员闻声过来,轻轻拍了拍二山的肩膀,借着月光,指指手腕上的表,对二山说:"现在已经到 22 点了。"

二山神情非常激动:"22 点怎么了?22 点也一样打美国佬,一样为铁成报仇!"

指挥员没有说话,默默地把二山舍生忘死送达的首长命令递给二山。

二山一看,双眼模糊了,那在战火和硝烟中高高飞扬的红色,此刻立刻映现在他的眼前,他不禁失声大哭起来。

首长到底下了一道什么样的命令,让二山如此伤心呢?

命令是:今晚 22 点停战。届时不准射出一枪一炮。

此时正是公元 1953 年 7 月 27 日 22 时,也就是"朝鲜停战协定"规定的停战时间……

（张国心）

（题图:箭　中）

没有被抛弃的伤员

　　这是前苏联卫国战争时期。

　　有一个普通居民,叫维拉。这天,她接到邮局送来的一封信,说她丈夫阿列克依在战争中受了重伤,但现在伤势已经比较稳定,就住在市中心医院,医生请她马上去。

　　维拉看罢信又激动又担忧,激动的是想不到丈夫已经回到了这个城市,担忧的是不知道他到底伤得怎么样。维拉拿着信急匆匆赶到医院,找到了负责给丈夫治疗的主治医生。

　　主治医生告诉维拉,阿列克依被送来医院时,身上没有任何证件,他们是在他的内衣口袋里发现他写给维拉的信,根据这个线索才找到她的。主治医生说着,就拿出这封信给维拉看。

　　果然,是阿列克依刚劲的笔迹。维拉焦急地问:"我丈夫阿列克依现在究竟怎么样了？我想立刻见到他。"

医生注视着维拉，沉默片刻，说："他的伤势很重，你得有思想准备。你丈夫踩响了地雷，由于长时间躺在雪地里，他的双腿被冻坏了，现在已经被截去……"

"他没有了双腿？"维拉心中一阵剧痛，颤抖着声音问道。

医生点点头，忍着心头的悲痛，继续说："他的两只眼睛也被炸伤了……"

维拉惊得脸都白了："你是说，他的两只眼睛瞎了？"

医生又点了点头。

刹那间，维拉只觉得天昏地暗，她不敢相信这样的现实，一下跌坐在沙发上。

医生安慰维拉："对你说这些，我心里也非常沉痛……我们请你来，是要和你商量，你得决定是否把他带回家。国家办了残疾人护理院，他如果不回家，可以住到那……"

但是医生的话还没说完，就被维拉打断了。维拉咬着嘴唇站起来，对医生说："我要把他带回家，请你现在立刻带我去见他。"

"你想好了？"

"想好了。"

"不改变主意？"

"不改变！"

于是，医生带维拉走进了阿列克依的病房。

病房里面有两张床，一张空着，另一张就躺着阿列克依，不过此时，阿列克依全身都裹在被单里，只有后脑壳露在外面。

维拉快步奔过去，大叫着："阿列克依，阿列克依！"可是阿列克依没有任何反应，身子一动不动。维拉突然感到一种莫名的恐惧，她多么希望阿列克依能从被单里伸出手来，和她紧紧相拥，就像当初她送他上战场的时候一样啊！

维拉凑近阿列克侬耳旁,抬高声音说:"阿列克侬,我是维拉呀!"这时,只见阿列克侬的身子微微动了一下,似乎要挣脱什么。瞬息之间,维拉突然意识到了什么,她掀开被单一看,惊呆了:手呢? 一定是医生刚才不忍对自己说,其实阿列克侬的两只手也已经被地雷炸没了。

阿列克侬将头慢慢转了过来,那是一张怎样的脸啊,五官已经破相,右颊还有一大块深红色的伤疤。维拉再怎么有思想准备,也想不到丈夫会伤成这样,她惊叫一声,晕倒在地上……

也不知过了多少时候,维拉终于醒了。医生关切地建议维拉,还是把阿列克侬送到残疾人护理院去。可是维拉谢绝了,她倔强地把阿列克侬带回了家。战争毁掉了维拉的幸福,但没有使她屈服。多少个不眠之夜,维拉就坐在阿列克侬的床头,把手搁在他身上,轻轻地抚摸着他皮层下跳动的脉搏,那细得像线一样的脉络,连接着阿列克侬的生命和维拉的心。现实要比想象残酷得多,但是维拉决不屈服。

三个月后的一天,维拉正在家里织毛衣,突然听到有人敲门,她开门一看,简直惊讶得说不出话来:一个男人活生生地站在门口,他是阿列克侬呀! 天哪,这不是在做梦吧?

维拉清醒过来后,发疯般的扑到丈夫怀里,哭了又哭。

阿列克侬抚摸着维拉的头,说:"别哭了,小傻瓜,我回来了,该高兴才是呀!"

进屋后,阿列克侬突然看到一件军大衣挂在门边,他的脸色变了,一种可怕的猜测堵在心头,他瞥了维拉一眼,颤着声音问:"谁的军大衣? 怎么放在这儿?"

维拉这才想起床上还躺着一个阿列克侬,忙说:"亲爱的,你听我解释……"

可是阿列克侬误会了,一扭头:"我不想妨碍你们!"说完,转身就要走。

维拉挡着他："你总应该听我把话说完吧？我也想弄清楚是怎么回事呢！"

阿列克侬一愣，听维拉把前后事情一说，突然像想起了什么，急着说："亲爱的，你不是说医生从他身上看到有一封我给你的信吗？快，拿给我看看！"

这封信，维拉天天都揣在怀里，她掏出来给阿列克侬一看，阿列克侬兴奋地对维拉说："你知道他是谁吗？他就是我那时新认识的中士阿廖沙。那天，我们临时被派去执行任务，为了预防万一，我们互相交换了写给家里的信，这样，如果我们中的一个牺牲了，另一个就可以把信转给他的亲人……"

说到这里，阿列克侬激动地像个孩子似的冲进屋里，大声呼唤着正躺在床上的阿廖沙："阿廖沙中士，我是阿列克侬少尉，我们曾在一起战斗，你还记得我吗？"

阿廖沙浑身颤抖着，维拉完全可以想象得出此刻他惊异和激动的心情。

阿列克侬说："这里就是我的家，现在我们真的见到了。以后，我们将在一起生活，你听到了吗？"

维拉俯下身子，在阿廖沙耳边轻轻地说："阿廖沙，我现在知道你的名字了，你叫阿廖沙！我想对你说，阿廖沙，我丈夫阿列克侬回来了，但是请你别难过，以后，你就和我们一起生活……"

阿廖沙的身子动了一下，他想说什么，但是他的声带早烧坏了，什么都说不出来，没有血色的嘴唇颤动着，发出含糊不清的声音。

阿列克侬的眼前一片模糊，他强忍着不让眼泪流下来。他想对阿廖沙说：亲爱的战友，你放心，你为祖国献出了一切，你永远不会被大家抛弃。但最终，阿列克侬什么都没有说，只是紧紧地把阿廖沙抱在怀里……

（作者：巴利斯·利比亚；改编者：杨　阳）

（题图：箭　中）

友 情 友 趣

朋友间，免不了你来我往。那些一来二去中，有些确是妙趣横生，有些却终让人啼笑皆非。

朋友抽了他的筋

　　俗话说:"天"字出头"夫"作主。结婚以来,家里的事,老婆都听姚文的,可谁知到女儿落地之后,老婆不但不听了,反而还骑到姚文头上来,把女儿的屎布尿布,还有一大堆衣服,统统放在姚文面前,逼着姚文洗。

　　姚文火了,说:"男做女工,越做越穷。这种事,我不做的。"

　　老婆于是喉咙就响起来:"哪家不是一把屎、一把尿地把孩子养大? 你做爸的就不担一点责任?"

　　这算什么话? 难道我天天上班挣工资养家不是责任? 姚文火冒三丈地对老婆说:"你真要我洗? 那好,我把我妈从乡下接来,总行了吧?"

　　可老婆就是不答应,还一指头戳到姚文额头上骂他:"你昏头了？你妈都七老八十的人了,让她来伺候我们,你开得出口?"

姚文看老婆这副寻死作活的样子,决定出去躲几天再说。他坐了两个小时的长途车,来到以前读大学时同班好友马君的家。

马君一见姚文,就乐呵呵地拍拍他的肩,笑道:"当爸爸了?是来给我报喜的吧?"他把姚文拉到街上一家小酒馆去喝酒,说是要好好庆贺一下。

几口酒下肚,马君的话多了,碰着杯子对姚文说:"你小子娶了老婆养了女儿,是真正的家长了呀。"

姚文却哭笑不得:"唉,受气包一个。早知如此,这家长我还真不想当呢!"

"哈哈哈!"马君举着筷子对姚文幸灾乐祸道,"一定是和老婆吵架了吧?嘻嘻,夫妻吵架,越吵越发嘛!"

这个马君啊,姚文在火里,他却在水里。

姚文板着脸说:"老兄,你开什么玩笑啊?"

马君说:"老同学,谁和你开玩笑了?你老婆为什么和你吵,我可是知道得一清二楚哪。"

姚文不信,断定马君在吹牛。

马君笑着说:"你不信?这不用谁说,读大学那会儿,谁不知道你脾气犟、嘴巴硬?准是这坏脾气用到老婆身上了吧?"

姚文不服气,想顶嘴,被马君打断了:"不说了,不说了,你难得来,就在我这儿好好玩几天吧。"

一连三天,马君陪姚文游遍了当地的名胜古迹。

第三天吃午饭的时候,马君突然对姚文说:"我眼皮一直跳,一定是你老婆孩子催我叫你回去了。"

其实,姚文这时候也想家了,出来时的一肚子怨气早不知跑哪儿去了,此刻被马君这么一说,顿时就借梯下楼直点头,马君于是就把姚文送到车站。

　　回到家里,姚文不好意思地对老婆说:"我到马君家去了几天,马君说他眼皮直跳,是你和孩子催我快回来,其实我也想你们了。"

　　老婆一听,像不认识似的看着姚文,因为姚文以前从来不说这种软话。当然,她不知道,这其实都是马君教姚文的。老婆的眼睛红了,酸酸地说:"你不知道,我服侍孩子,又要服侍你,有多难呀……"

　　姚文回来一个星期不到,马君上门来了,一进门,就把姚文的女儿举在手里不住地称赞,说孩子眼睛水灵灵的,笑起来两个酒窝一颤一颤,多像她妈;又不住地称赞家里收拾得有多干净,说姚文福气好,娶了这么一个勤快能干的老婆。

　　马君好话说了一大篓,最后才亮出底牌,他眼下正急需一笔钱,已经筹得差不多了,还差八千块,求姚文帮帮忙。

　　姚文趁老婆正被夸得飘飘然的时候,赶紧点头同意。他一边拿存折,一边看老婆的脸,谢天谢地,尽管老婆脸上的笑容消失了,可总算没有反对。马君于是写了借条,拿了钱就匆匆走了。

　　日子流水般的过去了,谁知马君借钱之后一点儿音讯都没有,这可就苦了姚文,有段时间他甚至觉得当初自己真不该去找马君,倒不是因为心疼马君借去的那几个钱,而是自己就此在老婆面前落下了话柄,以后不听话也得听话了,而且发了工资还必须马上把钱交到老婆手里,不能乱花一个。两个人吵架,哪怕自己再有理,但只要老婆一提这八千块钱,姚文就矮了半截。

　　于是,老婆越来越理直气壮,姚文越来越底气不足。姚文每次都用同样的话安慰自己:马君很快就会还我钱的,等钱还来了,看她还有什么话说? 而他老婆呢,每次吵架,只要一看形势不对,就说:"钱呢? 你把八千块钱拿来!"后来次数一多,姚文也嫌烦了,干脆找了两个耳塞,只要老婆一开始啰嗦,他就偷偷用耳塞把耳朵塞住。

哈哈，这一塞，整个世界都清净了！耳边没了老婆喋喋不休的唠叨，姚文就只看到她忙里忙外的身影，突然发现她真的在家里承担了很多家务，把他姚文和女儿都照顾得好好的。姚文很惊讶：以前光听老婆唠叨，竟没注意到她居然每天都干那么多活。

把耳朵塞住还有一个好处是，姚文听不到老婆说话，自然就不去和她顶嘴，不顶嘴也就吵不起来，夫妻俩于是相安无事地过了好多天……直到有一天，姚文的耳塞找不到了，竟意外地发现，老婆不像从前那么啰唆了。

一晃两年过去了，春天里的一个礼拜天，有人敲门，姚文开门一看，竟是马君，他心里一阵惊喜：到底是好兄弟，没赖我钱。

果然，马君一进门就掏钱，递给姚文。姚文很神气地往老婆手里一塞，拉着马君就坐下叙旧。可谁知两人屁股还没坐热，老婆就惊讶地喊着从里屋奔出来："马君，你这是干什么？怎么还我们这么多钱？"

姚文一愣："他还了多少？"

老婆说："整整一万五哪！"

马君笑了。"不瞒你们说，我现在办了一家私企，当时还差点钱，就到你们这里来借的。本打算第二年赚了就还，后来一想，就是有钱也先压一压，姚文向来脾气倔，就是要让你在老婆面前气短三分。要知道，刚有了孩子的女人最辛苦，有点怨言本来没什么，可你这根筋硬顶，就一定糟糕，我就是要想法子抽掉你身上这根犟筋。怎么样，现在小日子过得挺和谐吧？"

姚文和老婆一听都愣住了，又不由相视而笑：这八千块钱的收效，可真不小啊！

（张志安）

（题图:张　恢）

老歌新唱

　　老嘎一大早在自家门前的菜地里转悠，他估摸着媳妇果子该做好早饭了，就准备回家。

　　这时，从路西边过来一个女人，骑着一辆半新旧的自行车，车后面载一个鼓鼓囊囊的大包裹。由于昨晚下了一场小雨，路滑不好走，那女人正好骑车经过老嘎家门前时摔倒了，老嘎忙跑上去帮忙，发现这女人竟是自己二十多年前的恋人杏子。

　　杏子有点尴尬。

　　老嘎关切地问："杏子，你这是干什么去？"

　　杏子不好意思地说："我去县城赶大集，卖针织品呢。"

　　老嘎早就听说杏子现在的日子过得并不舒心，丈夫很早死了，儿子又不孝，她一个人苦得很。老嘎想说几句安慰的话，可偏偏这时候屋里传出果子叫老嘎回家吃饭的声音,老嘎只好看着杏子重新骑上自行车,歪歪扭扭地朝县城方向去。

杏子比老嘎小几岁,以前是一个生产队的,当初两人都好了几年了,一起上山下坡的。那时年轻人谈恋爱保守得很,人面前都是同志,人背后才"你给我一个秋波,我给你一个飞眼",而白天谁也不敢多说话,只有到晚上,才找个有黑影的地方拉拉手、说说话。

老嘎记得,杏子总共送了他十六双自己做的鞋垫和三副毛线手套,他送了杏子一块小花巾和一双鞋。后来,两人的事公开了,老嘎的父亲坚决反对,嫌都是一个村里的,结亲家太近,谁放个屁都听得见;还嫌杏子的脸色不好看,像是街上要饭的。

老嘎跟父亲争辩,说杏子那脸色是遗传。可父亲扯着脖子就嚷:"既然是遗传,那就更不能同意了,我不能让我孙子的脸色跟要饭的一样。"

杏子那头呢,她爹也是一百个不愿意,嫌老嘎没多大的出息。

就这样,一对鸳鸯硬是被拆散了。后来,老嘎娶了果子,杏子嫁到了乡下,起初说男方家境不错,可没多久就传出她男人病逝的消息。

这是二十多年前的事了,今天是老天爷让老嘎再次碰到了杏子,老嘎的心里能平静得了吗? 这一顿早饭吃的是啥,老嘎自己都不知道,饭桌上果子跟他说话,他也不理。老嘎心里在寻思:要是杏子当初嫁给了我,现在就不用这么苦苦地一个人去卖什么针织品挣钱了。他不由看了一眼果子,白白胖胖的,多滋润。老嘎东想西想的,心里就打定了主意。

吃罢早饭,老嘎推出自行车,对果子说要去县城赶大集。

果子不高兴了:"不是说好今天要给果树喷药的吗?"

老嘎瞪她一眼:"今天不喷药了,我就是想去赶大集。"

果子很纳闷：老嘎今天这是怎么了？

还好，临近中午的时候，老嘎就从集上回来了，嘴里哼着小曲，脸上笑嘻嘻的。老嘎进屋把手里的塑料袋塞给果子，果子打开一看，袋里是两条裤头，一条男式的，一条女式的。

果子瞥了老嘎一眼，跑到院子里看着天上的太阳问老嘎："今儿太阳是从哪头升起的？"

老嘎撇撇嘴："这还用问？"

果子说："咱们都几十年了，你老嘎啥时候操心过这些东西？"

老嘎就对果子说："昨天我在老年之家看到一篇文章，说最好的衣服其实是纯棉的，像咱们身上穿的这种化纤衣服，对身体不好。你看，我今天买的这裤头多好，吸汗不说，还有弹性，穿着肯定舒服，你做的那些裤衩，都快把我的裆部咯红了。"老嘎说着就跑进里屋，把新买的裤头换上了。

果子忍不住将老嘎给自己买的那条裤头往脸上蹭了蹭，果然一点也不拉皮。她心里美滋滋的：这人上了岁数，知道心疼老婆不说，还挺懂科学哩，别人家的男人准不知道这些道理。自己这个郎真是没嫁错哇！

从那以后，每到赶大集的日子，老嘎就去县城，每次去都不空手回来，光果子和他自己的内衣内裤，就买了一大撂，而且还给儿子买，给孙子买。有一次，老嘎甚至还要给儿媳妇买，被果子骂得！哪有公公给儿媳妇买裤头的，传出去岂不让人家笑掉大牙？

这还不算，谁知过一阵，老嘎竟又一本正经建议果子戴奶罩，说那东西既卫生又好看。果子唾了老嘎一脸，说老嘎是老风流，大姑娘小媳妇的看花了眼。

要不是街上的小媳妇们，果子还真不知道老嘎这葫芦里卖的是什么药。

这天晚上,果子提着马扎,摇着蒲扇,到大街口去乘凉。刚坐下一会儿,村里"小蚂蚱"的媳妇就问果子:"嘎婶,嘎叔给你买的裤头,穿着舒服吧?"

果子不知人家话里有话,"嘿嘿"笑着说:"舒服呀,这布料又软和又吸汗,还有弹性。这人哪,不懂科学还真是不行。"

听果子这么回答,所有在这儿乘凉的人都笑得前仰后跌,果子这才发觉,老嘎买裤头里面有文章。

到下一个赶集日子,老嘎推出车子前脚走,果子就跑到大街上雇了辆三轮车在后面跟。只见老嘎到了集上,直奔一个摊位,停下来就要这要那的,边说边掏钱。

那女摊主说:"本善大哥,你不要买了,买多了你穿不了的,我这货卖得还行。"

老嘎却不听这些,扔下票子,抓起两件背心和两条裤头就走。

女摊主在后面叫他:"本善大哥,找你的钱!"

老嘎头也不回:"不用找了,你拿着。"

老嘎一走,果子就蹭到那女摊主跟前,抬头一看,心里"咯噔"一下:这不是老嘎几十年前的相好杏子吗?果子曾经在老嘎的旧照片里见过杏子一面,女人嘛,这一面是永远不会忘记的。果子心里明白了:老嘎这是在续前缘啊,怪不得他现在一改过去光巴溜溜睡觉的习惯,天天穿着新买来的背心和裤头睡觉。

果子气得一路哆嗦着,赶紧回家。等老嘎哼着小调走进家门的时候,院子里那高高矮矮的石榴树上,已经挂满了老嘎陆陆续续赶大集买回来的那些红红绿绿的裤头和背心。

果子学着杏子的腔调说:"本善大哥,你回来了?"

老嘎顿时愣住了。

果子一把夺过老嘎手里新买的裤头,用力撕起来,边撕边骂:"你这个老风流,你啥时勾搭上旧情人了?看你这副干巴巴的熊样,也会出去花哨?"果子骂着骂着,伤心地大哭起来。

老嘎怕被邻居听见,让人家笑话,就死拉硬拽地要把果子拽回屋里去,可果子偏不。果子边哭边叫:"你这个丧天良的,几十年来我陪你苦陪你累,白天陪你吃,夜里陪你睡,现在你是看我这四陪老了是吧? 我看你那烂杏有什么好,要饭吃的一张脸,居然会让你心疼成那样……"

果子话还没有说完,谁知这时候杏子突然一步闯了进来。

杏子把一沓子钱塞给果子,果子不理她。

杏子说:"本善大嫂,本善大哥是个好人,他就是想帮帮我,我心里挺感激你们。这是我该找给你们的钱,你要是不拿,那我就再把这些东西拿走吧。刚才要不是有人指点我你就是本善大嫂,我还真不知道自己已经给你们惹下了这么大的误会。本善大嫂,我真是对不起你们了!"

杏子说完,转身就走。

望着一院子随风摆动的"万国旗",老嘎想想自己好像是做得有点不太妥当,不该瞒着果子自个儿去学雷锋助人为乐。老嘎真心实意地向果子作深刻检讨,口头说了不算,还写下了书面保证。

果子不但聪明,而且还是个非常爽快的女人,弄明白了事情真相,气立刻就消了。后来,她四下托人给杏子找了个伴儿,拿退休金的,工资还不少哩,杏子就再不用去卖针织品了。

(路一歌)

(**题图**:王申生)

谁叫你提钱

　　这年头,谁有房,谁吃香。

　　这不,滨河路东头上的那家肉联厂的门市部搬迁了,空出一个门面要出租。给谁呢? 这里是繁华地段,铺位十分抢手,消息传出去,门市部主任丁满家的门槛,这几天都快要被人踩扁了。上门求租的人都带着数量不等的"中介费",少则数千,多则上万,目的只有一个,就是要把这个铺位搞到手。

　　可是,面对这一拨拨带着钱款的来人,丁满把头摇得跟拨浪鼓一样,不管人家给多少酬金,丁满都不动心。他回答这些人全都一句话:"对不起,铺位我已经租出去了。"

　　其实这个铺位并没有租出去,而是丁满准备把它留给自己的老同学陈东东。

陈东东和丁满是十几年的铁哥,也是个开店铺做生意的主儿,可他的店铺开在滨河路西头。你别说,看看都在一条滨河路上,可西头和东头就是不一样,西头市口不行,人流稀稀落落的,而东头因为靠着火车站,差不多整天路上的行人都来来往往川流不息。陈东东一次和丁满说起,想把自己的铺位从西头挪到东头来,可惜一直没机会抢到地盘。

说者无心,听者有意,丁满于是就替陈东东留心起来。这次正碰上大好时机,租谁不租谁都是他当主任的一句话,那不就理所当然地帮哥们一回?所以,搬迁的当天,丁满就给正在外地进货的陈东东打电话,让他回来后就来签租赁合同。

陈东东当然对丁满感激不尽。

丁满的妻子在旁边开玩笑说:"我的大主任,你可真是兄弟如手足、金钱如衣服啊,为了哥们友情,竟然连人家送上门来的钱都不要。"

丁满呵呵笑道:"人嘛,当然是要讲感情的。至于钱这个东西,多一点少一点,日子还不是一样过?"

妻子娇嗔地白他一眼:"就你清高!"

几天后,陈东东回来了,哥两个在酒桌上开怀畅饮。酒至半酣,陈东东拿出一个纸包,推到丁满面前。

丁满问:"这是什么?"

陈东东哈哈一笑,说:"哥,既然咱们都是做生意的,一切向钱看,不白帮人,也不白让人帮。这五千块钱,是我付给你的中介费。"

丁满一脸惊讶地看着陈东东,说:"我帮你忙,可没想图什么哪!而且,我也不是什么'人家',我们是好兄弟呢!"

陈东东不住地点头,说:"我知道,我知道。但是,情归情,钱归钱,两者不能混淆,亲兄弟还要明算账呢。"

丁满皱着眉头问:"你真要这样子呀?"

陈东东说："那当然,商品社会嘛,一切都要用金钱来衡量。"

丁满低头想了想,说："那这样吧,等合同签了以后,你再付我钱,好吗?"

陈东东眼一瞪："合同归合同签,这钱你先拿着。"

丁满死活不肯。

陈东东只好把钱收起来,又问丁满："那什么时候签合同?"

丁满说："别急,你等我消息吧。"

可谁知这一等,就等了好几天。陈东东着急了,打电话过去问,丁满在电话里说情况有变,这事儿现在不能他一个人说了算,要等厂里头批,让陈东东再等等。

再等了几天,陈东东突然发现,那店铺竟然已经有了主。他大吃一惊,忙打电话问丁满是怎么回事。

丁满在电话那头说："唉,我们老板坚持要把店铺租给那家,我没办法,实在不好意思。你不会怪我吧?"

陈东东只好叹气。

丁满放了电话,妻子在旁边冲他说："你和他不是手足情深的哥们儿吗? 你咋又出尔反尔,把店铺租给别人了呢?"

丁满叹息道："这不能怪我哇! 你也知道,一开始我是无私帮他的,可他却和别人一样,死活一定要给我钱。拿了钱,还谈得上什么感情? 既然非拿钱不可,我为什么不选择给钱多的人呢?"

(谭文春)

(题图:魏忠善)

真够朋友

正月初八晚上,叶宏和朋友在一起喝酒,没多大会儿,他们就一个个喝得面红耳赤。

叶宏喝得肚皮发胀,去了趟卫生间,出来时,和一个同样歪歪斜斜的人撞在一起,睁眼一看,竟是高中时的同班同学彭展。叶宏可兴奋了,拉着彭展高声说:"走,一块儿喝酒去,我们哥几个正在聚会,你去认识认识!"

彭展见了叶宏也挺高兴,不过见叶宏要拉他去喝酒,就有些为难:"我们哥几个也正在一起喝,他们……"

"不行,你要是不去,以后就不是朋友!"叶宏强拉硬拽地把彭展拖到他那几个哥们面前。

碰杯之后,叶宏要给彭展好好介绍他那几个哥们,彭展却一摆手说他学过相面,一眼就能看出对方是干啥的。说着,彭展端起酒杯举到叶宏的一个哥们跟前,说:"你是记者,一看你文质彬彬的样子,就是个舞文弄墨的人。如果不是,我自罚三杯!"

当记者的朋友连连点头称是,站起来就端杯一饮而尽。

彭展又对记者旁边的一位说:"这位一定是我们可爱的保护神,'说书的嘴、唱戏的腿,公安的眼睛似刀锤'。我若是个贼,一看你那刀子似的眼睛,不用你动手,我自己就先瘫了。"

没说的,这位警察朋友也只得将杯中酒喝了个底朝天。

接下来的一位,彭展打量了他一番,一时间没说话。大伙儿屏着呼吸,正等着彭展怎么说,只见片刻之后,彭展拿起一根筷子顶住那位朋友的脖子,大吼一声:"废话少说,钱包拿来!"

"哗——"大伙儿忍不住鼓起掌来:"厉害!厉害!果然一猜一个准!"

一圈下来,彭展邀叶宏去和他的朋友见见面,叶宏也不推辞。

走出包厢,叶宏问彭展:"你小子,什么时候成相面高手了?"

彭展"扑哧"一声笑了,说:"啥高手?糊人的。你那个记者朋友不断在电视上露面,我有印象;那个警察朋友虽然没穿制服,可上衣在他椅背上挂着,袖子上有'警察'两个字。"

叶宏好奇地问:"那还有……"

彭展捋起袖子,胳膊上露出一个刀疤,说:"这就是你这个朋友给我留下的记号,我能不知道他是干什么的?"彭展说,那次他到银行取了钱刚上公交车,就觉察到口袋里伸进一只手,要抓,已经迟了,不但口袋里二千多元已经被他拿走,而且对方还反手一刀扎在他的胳膊上,他一辈子也忘不了那个歹人。

叶宏一时无话,愣了半天,说:"那……你打110吧,刚才我进来时看到外面有一辆警车。"

彭展一听,却像受了什么侮辱似的,说:"你这是说的哪里话?你的朋友就是我的朋友,出卖朋友的事,咱干不来!"

彭展这几句话说得叶宏心里热乎乎的,叶宏跟着彭展走进他哥几个的包厢,那些朋友都忒够意思,热情得让叶宏都不知如何是好,一个自称"老江"的搂着叶宏的肩膀,亲热得就像结交多年的兄弟。他们轮流跟叶宏碰杯,而叶宏也来者不拒,又苦又辣的酒喝到嘴里都成甜的了。

喝到后来,彭展有事走不开,他见叶宏有点醉了,就让另一个朋友和老江一起,送叶宏回家。

也不知怎么走的,反正上车下车,左拐右拐,叶宏一睁眼,竟然已经站在自家门口了。他擂着门大喊:"老婆,快开门……炒几个菜……来朋友了,我们要……喝两壶……"

老婆打开门,脸色很难看,对老江他们正眼都不瞧一下。老江和那朋友倒也不在意,他们把叶宏撅到沙发上,给他身上盖上毛毯,然后就走了。

他们刚一出门,叶宏的老婆就"嗵"地一声把门甩上了,点着叶宏的额头数落道:"你怎么和这种人一起喝酒? 你知道他们是谁吗?"

叶宏舌头打着卷,问道:"你……认识? 他们是……是谁?"

老婆急赤白脸地吼道:"色狼! 那高个是色狼! 那次他在公交车上对我同事耍流氓。不行,我得赶快打110!"老婆说着,就要去拿桌上的电话筒。

叶宏一使劲,从沙发上跳起来,吼道:"你敢打? 你打,我就跟你离婚。"

老婆被叶宏这个样子吓住了:"他是你什么人,你这样护着他?"

叶宏咬着牙,嘴里蹦出两个字:"朋友!"说罢,就一头倒在沙发上昏睡过去。

也不知过了多长时间,恍惚间叶宏突然觉得有人打他巴掌,竭力睁开眼睛,迷蒙中看到老婆正站在面前瞪眼瞧着他,旁边一个披头散发的孩子捂着脸在哭。

那孩子怎么看上去像是自己的女儿乐乐？叶宏心里一惊：乐乐不是上辅导班去了吗？平时都是我去接她的，今晚还没去接，她咋就回来了？

可是叶宏还没来得及开口问，老婆就朝他骂开了："喝了几两猫尿，就不知东南西北，连接孩子也忘了？哼，她刚才走到胡同口，遇上送你回来的那两个色鬼……"

听老婆这么一说，叶宏就像是被人打了一闷棍，真想大吼几声，可就是吼不出来，一眼瞥见放在茶几上的烟灰缸，顺手抄起就砸自己的头……

叶宏再次醒来时，天已大亮，房间里一个人也没有，他拍着昏沉沉的脑袋，想着那些乱七八糟的事，不知道到底是噩梦还是真有其事。

就在这时，电话铃响了，拿起来一听，是彭展打来的。彭展在电话里问："老江的事，你听说了吗？"

叶宏觉得老江这个名字好像有点熟，可一时又想不起来在哪儿见过。

彭展说："你老兄喝多了，怎么连老江也不记得了？他昨天和你碰了好几杯，还和我的一个兄弟一起把你送回家的呢。他俩出来的时候，遇见一个小妞，老江有点色，结果……唉，他现在被抓到分局去了。你不是有个当警察的朋友吗？去找找你那位朋友好不好？人家把你送回家，咋说也是因为你出的事……喂，你怎么不说话啊？"

叶宏此时哪里还说得出话来？他胸口堵得慌，血一阵阵直朝脑门上涌。最后，他终于忍不住了，拿起电话机"啪"地一声在地上摔了个粉碎……

（文 愿）

（题图：安玉民）

梅林里的巨款

　　这天上午,吉冈去接刚刑满出狱的朋友林田,两人才走到街上,突然一辆轿车失去控制猛撞上来,把他们撞倒在了地上。

　　两人被送进了医院,吉冈只是腿部骨折,林田的伤势却十分严重,医生说可能有生命危险。林田懊恼极了,好容易熬满服刑期,刚刚成为自由人,却又变成不能自由行动的人了。唉!

　　夜深人静时,林田强打精神,悄悄地对躺在旁边病床上的吉冈说:"看来我是要死了,你大概很快就可以出院,所以我有个最后的请求,你一定得答应我。"

　　吉冈问:"什么事?你说吧。"

　　林田说:"我有个女儿,是我唯一的亲人,现在住在名古屋,我想请你把我的一笔钱给她送去。这笔钱一共是四百万,如果你能帮我做这件事,我可以分给你三分之一作为酬谢,那就是一百三十三万。"林田说着,递给吉冈一张纸条,"我女儿的名字和地址,都写在这上面。"

吉冈接过纸条一看,问林田:"这么多钱,你放在什么地方?"

"埋在地下,用油纸包着。"林田告诉吉冈说,"那地方虽然属于东京,但位置很偏僻,跟乡下一样,是在一大片梅林里。"林田给吉冈详细交待了去梅林的路线,说,"钱埋在梅林里的一棵树底下,我在树上刻了一个图案做记号。那图案是:一颗心上插着一支箭,箭羽上面是四根毛,下面是三根毛。"

吉冈听完笑了,问林田:"这大概就是你被抓的那笔赃款吧?"

吉冈说得没错,那钱确实是当时林田和他的同伙一起抢来的。同伙在作案的第二天因为拒捕被警察打死了,林田于是就天天盼着服刑出来后独吞这笔赃款。没想现在好容易熬到出狱了,却偏偏在这节骨眼上出了车祸,他心里真有说不出的苦恼。

但是林田并没有直接回答吉冈的提问,只是说:"你别问了,你就说,这事你干还是不干?"

吉冈想了想,说:"我可以帮你的忙,但事成之后,你得分一半钱给我。"

林田一咬牙:"分一半就分一半。不过,你要是不守信用,不把钱送到,别怪我不客气,我就是做了鬼,也会找你算账的。"

面对四百万巨款,吉冈和林田早把以往的情分抛到了脑后,谈妥后就各自倒头睡觉,不一会儿都进入了梦乡……

可是,事情的发展却出人意料:林田不但没死,而且身体恢复得很快;倒是吉冈,虽说腿只是骨折,却久治不愈,一拖再拖。最后,他们两人居然同一天出院。

走出医院大门,林田首先想到的当然是那笔巨款。他对吉冈说:"前些日子,咱们在病房里说的,就当是胡话,你把它忘了吧!"

吉冈哪里肯点头:"这怎么行? 说好一人一半的。说出的话泼出的水,你能收回?"

这一来可就热闹了,在街上,在饭店,在旅馆,林田不断地求吉冈,可吉冈始终不答应。

最后在车站站台上,林田又一次求吉冈,吉冈实在不耐烦了,对林田说:"告诉你吧,这笔钱我当初只要一半还是看在咱俩是朋友的份上,算客气的。我要是想全部独吞,也不是办不到。"

吉冈话音刚落,这时正好一列火车进站,忍无可忍的林田拉住盛气凌人的吉冈,趁着列车上上下下人多的当口,一把把他推倒在铁轨上,火车一开,吉冈当场送了命。

在一片混乱中,林田溜出了车站,他按照事先计划好了的路线,来到目的地,这时已经是黄昏时候了。可是林田四处寻找,别说什么刻在树上的记号,就连梅林都不知了去向。没办法,他只得向路人打听。

一听林田问梅林,这位过路人笑了:"啊,你问的就是挖出四百万巨款的梅林吧? 你瞧,盖了新房子的那一带,原来那儿就是梅林。这些年,东京可是盖了好多新房子哩⋯⋯"

(作者:都筑道夫;改编者:吴文昶)

(题图:刘斌昆)

上帝疼爱谁

　　摩尔斯是个富得流油的阔佬,他和妻子蒙娜都是飙车爱好者。可最近有件事儿,差点让摩尔斯驾车自杀。

　　原来妻子蒙娜在外面勾搭上了一个小白脸不说,还让摩尔斯账户上的钱大把大把地"蒸发"了。摩尔斯恼羞成怒,他可不愿戴上既输人又输钱的"绿帽子",于是决定除掉蒙娜这个水性杨花的小贱妇。

　　摩尔斯思来想去,决定请老朋友库利帮忙。库利在经营车行,又是一个高级机械师,摩尔斯想让库利帮自己在飙车上做文章。他和库利一说,库利满口答应,并且很快就为摩尔斯设计出了一个方案。

　　库利让摩尔斯在他经营的车行里买下一辆名叫"上帝"的新

款越野车,车价当然是个天文数字,随后他就在上帝的零件上做起了文章。他告诉摩尔斯该如何操纵这款新车,还说到时候蒙娜会身亡,而摩尔斯只会吃点皮肉之苦,摩尔斯听了很高兴。

第二天清晨,摩尔斯正想找个什么借口让蒙娜跟他去山里兜风,蒙娜却主动对他说:"亲爱的,你能开着那辆新车带我去兜风吗?这几天我都快闷死了。"

摩尔斯立刻装出一副高兴的样子,捏了捏蒙娜的脸蛋,说:"亲爱的,刚刚结婚那阵,我们几乎天天去兜风,今天我们就去乔治山溜溜车,那儿可是你我一见钟情的地方哪!"

蒙娜似乎被摩尔斯的情绪感染了,兴奋地说:"好极了,那儿确实是一个太值得回忆的地方了,我们赶快去吧!"

就这样,摩尔斯驾着上帝飞快地向乔治山开去。车子开上山梁,快要下坡道的时候,摩尔斯猛地加快了车速,车轮胎摩擦路面发出一阵"刺刺刺"刺耳的响声。

蒙娜突然像是意识到了什么,伸手一把抓住方向盘,大叫起来:"摩尔斯,你开车从来没有这么疯狂过,你想干什么?快停下,不然我只要一拧方向盘,下去的可就不是我一个,你也逃不了!"

摩尔斯紧紧握着方向盘辩解道:"亲爱的,你听我说,这新车好像特别灵敏,稍一加力,它就如脱缰的野马,我是得把速度减下来。"

蒙娜见摩尔斯果真把车速减下来,就非让他把车在路边上停下,要和他换个位子不可。摩尔斯只好照她的话做,可心里却一阵暗喜:库利真有办法!因为刚才加速和减速,其实都是库利让摩尔斯故意玩的把戏,目的就是要吓吓蒙娜,然后让她提出换位。现在蒙娜果然上当了,她主动要求坐到驾驶座上。

车子重新启动后,蒙娜小心翼翼地把车往山下开去。摩尔斯尽管坐在副驾驶位上,好像在闭目养神,但凭直觉,他知道再开三十多米就要到"好望角"崖口了。那地方在公路拐角处,向路边凸出三四十厘米,车子拐弯的时候,库利做过手脚的那个零件,会让车子的驾驶座撞在岩石上,把主驾驶位上的人弹出车外至少二三十米,那自然是掉到崖下粉身碎骨了。一想到能不留痕迹地除掉身边这个贱妇,摩尔斯就希望这精彩的一瞬早点到来。

车子开啊开,快开到拐弯处时,明显有点不受控制,摩尔斯也不免紧张起来,紧紧闭上了眼睛。

就在这时候,只听蒙娜惊叫一声:"摩尔斯,快醒醒,车子失灵了!"

摩尔斯睁眼一看,故作吃惊地喊道:"见鬼,蒙娜,快把住方向盘!"

谁知蒙娜却突然朝摩尔斯冷笑道:"哼,这一切一定是你安排的。"

摩尔斯眼看着车就要到拐弯处了,也就不再装模作样,嘲笑道:"哼,别怪我,谁让你那么可爱,不光小白脸喜欢你,连上帝都眼馋你。"

摩尔斯说这话的时候,车子已经在公路拐弯处了,而且正不受控制地往路边冲去,蒙娜的主驾驶座一侧正好对着好望角崖口上那块突出的岩石。

可谁知就在这一瞬间,摩尔斯突然感到身体有种失重的感觉,接着就听到蒙娜的尖叫声:"上帝,车轮胎掉了!"

蒙娜的叫声还没落地,车子突然在原地旋转了一百八十度,然后才直直地向岩石撞去。这一瞬,摩尔斯傻眼了:这是怎么回事?难道我让库利那小子给耍了?

他绝望地看了一眼蒙娜,发现蒙娜正冲着他微笑,摩尔斯大惊:"你……"

"摩尔斯,上帝更疼爱的是你。你放心去吧,我会管理好你的账户的!"蒙娜嘲弄地朝摩尔斯挤挤眼,"库利认得的只是钱。可怜的摩尔斯,你就随上帝去吧!"

紧接着,是一声巨响,摩尔斯的副驾驶座一侧重重地撞在岩石上。

但奇迹也几乎是在同时发生了:这辆上帝越野车的天窗瞬间弹开,摩尔斯连同座椅被弹向高空,然后座椅上突然又打开一具小型降落伞,通过安全带,连在摩尔斯的座椅上。

摩尔斯毫发无损,却被吓得七魂出窍;而此时,蒙娜在车里只是受了点轻伤。

两个人面面相觑……

这时候,越野车里的音响自动打开了,传来库利的声音:"对不起,摩尔斯,蒙娜,上帝是爱你们的,所以救了你们。你们的酬金我都悉数笑纳了,当然,这个结果一定让你们都有点失望,要知道,蹲大狱的勾当我库利从来不干。这款最新型的上帝越野车,是专门为惜命如金的贵族设计制造的,它的最大特点就是意想不到的安全性,即使有人想利用它来谋杀,最终也只能是被它戏耍……这款新车问世后,我一直想策划一次最精彩的广告,心怀叵测的二位给了我验证汽车性能的绝好机会,我会把这次遥控拍摄的录像制作成广告,当然也包括你们精彩的对话。但是请放心,所有人都会以为这只是一场表演,并且都会为你们鼓掌,而那些整天担心被人谋杀的阔佬看了,准会把大把钞票送到我的车行来。哈哈!上帝最疼爱的是金钱,我得去收拾我的钱袋了。祝你们和好如初!"

(吴相阳)

(题图:箭　中)